KB118577

첫 문장
못 쓰는 남자

L'ANGOISSE DE LA PREMIÈRE PHRASE
by Bernard Quiriny

이 도서의 국립중앙도서관 출판예정도서목록(CIP)은
서지정보유통지원시스템 홈페이지(http://seoji.nl.go.kr)와
국가자료공동목록시스템(http://www.nl.go.kr/kolisnet)에서 이용하실 수 있습니다.
(CIP제어번호: CIP2012004058)

첫 문장
못 쓰는 남자

베르나르 키리니 소설 | 윤미연 옮김

문학동네

첫 문장 못 쓰는 남자 7

침입자 21

거짓말 주식회사 33

가게들(아홉 편의 짧은 이야기) 61

'마타로아' 호의 밀항자 73

높은 곳 89

박물관에서 99

블록 117

내 집 담벼락 속에 135

끝없는 도시 151

마지막 연주 163

『크누센주의, 그것은 사기 협잡』 185

펼쳐진 책 205

『단검에 찔린 유명인들에 관한 안내서』 221

물뿌리개 241

플란의 정리 251

옮긴이의 말 273
피에르 굴드와 함께 내려다보는 존재의 드라마

첫 문장 못 쓰는 남자

L'ANGOISSE DE LA PREMIÈRE PHRASE

어떤 문장을 마지막 문장이라고 선언하기 위해서는 또하나의 문장이 필요하며, 따라서 그 문장은 마지막 문장이 아니다.

장프랑수아 리요타르

첫 문장, 그것이 문제였다. 수년 전부터 구상해왔던 책을 쓰기로 결심한 날, 굴드가 고민한 건 바로 그것이었다. 그는 백지를 앞에 놓고 완벽한 첫 문장을 찾느라 몇 시간을 흘려보냈다. 금방이라도 글을 써내려갈 듯이 끊임없이 만년필촉을 종이 위에 갖다대고 손목을 부드럽게 풀면서 첫 글자의 획을 그어보려 했지만, 글을 시작하기 위한 최고의 방법이 있을 거라는 확신 때문에 신경이 쓰여 매번 멈추고 말았다. 그가 앞으로 써나가게 될 모든 것은 바로 그 첫 문장에서 비롯될 것이고, 따라서 첫 문장을 잘못 시작했다가는 책 전체가 망가져버릴 게 틀림없었다. 첫 문장은 든든한 바위여야 했고, 모든 것을 그 위에 안전하게 구축해나갈 수 있는 견고한 화강암이어야 했다. 그러므로 완벽에 도달할 때까지 첫 문장을 갈고 다듬을 필요가 있었다. 미래의 독자들은 대부분 바로 그 문장을 기점으로 책을 읽기 시작할 것이고, 따라서 그 문장은 어떤 면에서 첫 만남에서 악수를 하기 위해 내미는 손과 같은 것이었다. 만일 손톱이 더러운 사람이거나 상대방의 손을 마치 죽은 참새 다루듯 흔들어대면서 손가락을 짓누르는 사람이라면, 상대방에게 좋은 인상을 주기 어려울 것이다. 책을 시작하는 첫 단어들 역시 마찬가지다. 굴드는 하루 온종일 첫 단어들을 추격했다. 마치 그 단어들이 꾀바르고 교활한 짐승인 것처럼, 그것들과 무자비한 싸움을 시작해야 한다는 불안감을 느끼면서.

사람들이 책의 첫머리에 멋진 글귀를 인용할 생각을 하게 된 건 분명히 이처럼 글을 맨 처음 시작할 때의 불안 때문일 것이다. 그것은 어떤 유명 작가의 문장을 빌려옴으로써 첫 문장을 속이는 방법이다. 굴드는 그런 방법이 마음에 들지 않았다. 그가 생각하기에 그건 비겁한 짓이었다. 어떤 걸작에서 끌어와 책의 첫머리에 붙인 멋진 문장이 그 이후로 전개되는 글에 부당하게 계속 영향을 미쳐 글 전체가 실제보다 훨씬 뛰어나 보이게 만드는 건 누구라도 쉽게 할 수 있는 일이라고 그는 생각했다. 어떤 위대한 사람 뒤에 숨음으로써 자신의 책임을 회피하는 그런 행동은 도저히 용납할 수가 없었다. 그건 자신의 고물 자동차 보닛 위에 붙이려고 최고급 승용차의 엠블럼을 훔치는 것이나 다름없는 한심한 짓이었다. 손쉬운 방법에 굴복할 사람이 아니었던 굴드는 그래서 인용문으로 책의 첫머리를 시작한다는 선택을 거부하고 계속해서 완벽한 첫 문장을 찾아나갔다. 그는 "어느 날 오후를 내내 고통 속에서"* 보낸 후에야 비로소 『부바르와 페퀴셰』의 첫 문장을 찾아냈다던 플로베르를 떠올렸다. 위대한 작가들은 그런 시련을 어떻게 헤쳐나갔을까? 굴드는 자기가 좋아하는 소설들의 시작 부분을 찬찬히 연구해보기로 했다. 과감하게 첫 문장을 시작할 수 있게 도와줄 대가들의 가르침을 그 속에서 찾을 수 있기를 기대하면서.

프랑스 문학 가운데 가장 유명한 첫 문장을 둘 꼽으라면 그것은 분명히 "오늘, 엄마가 죽었다"**와 "오랫동안 나는 일찍 잠자리에 들었다"***일 것이다. 굴드는 그 문장들을 하나씩 큰 소리로 여러 번 되풀이해 발음해보았다. 그 문장들은 언뜻 보기에는 별로 신통할 게 없다. 하지만 그 문장들의 단순함 그 자체가 진정한 천재성을 드러내고 있다는 것은 확실히 인정하지 않을 수 없다. 그 문장들을 좀더 자세히 들여다보면서부터, 우리는 그 각각의 문장들이 앞으로 전개될 그 걸작의 내용과 꼭 들어맞게 의도적으로 구상된 것 같다는 생각을 하게 된다. 마치 프랑스어가 원래부터 그처럼 완벽한 단어들의 조합, 프루스트나 카뮈 같은 사람들이 발견할 수 있는 그런 멋진 조합이 가능하도록 만들어져 있는 것처럼 말이다. 굴드는 완벽한 첫 문장들이 주변 공기 속에 흩어져 떠돌고 있지만 위대한 작가들만이 그것을 발견하고 포착할 수 있는 것인지도 모른

---

* 플로베르는 조카에게 보낸 1874년 8월 1일자 편지에서 이와 같이 밝히고 있다.
** 알베르 카뮈의 『이방인』의 첫 문장.
*** 마르셀 프루스트의 『잃어버린 시간을 찾아서』의 첫 문장.

다는 생각이 들었다. 그리고 위대한 작가는 당연히 위대한 책을 쓰기 때문에, 위대한 책들에는 언제나 완벽한 첫 문장이 있다.

굴드는 서가에서 자기가 좋아하는 책들을 꺼내어 첫 문장들만 읽어보았다. 그리고 너무도 당연하게, 여러 천재들이 시작 부분 때문에 고민할 필요가 없도록 저마다 교묘한 전략을 고안해내어 사용하고 있음을 확인할 수 있었다.

─어떤 작가들은 인용문을 첫머리에 사용하고 있었다. 앞에서 말했듯이 굴드는 그런 방법이 마음에 들지 않았지만, 위대한 작가들이 그런 수단을 이용하는 것은 비난할 만한 게 아니라고 생각했다. 어떤 훌륭한 고전 작품의 글귀를 인용함으로써 첫 문장에 대한 번민에 과감히 맞서 싸우려 하지 않는 삼류 작가와, 자신과 비견될 만한 작가에게서 경구를 차용함으로써 그 작가에게 경의를 표하는 천재 사이에는 공통점이 하나도 없다. 후자에게 있어서 첫머리 인용은 그 인용문 없이는 감히 자신의 책을 시작할 엄두를 내지 못하는 일종의 안전장치 같은 것이 아니라, 그 자신이 위대한 정신들의 공동체에 속한다는 것을 나타내기 위한 전략일 뿐이다. 모든 것을 고려해볼 때, 위대한 작가들은 우수함이라는 측면에서 우열을 가릴 것 없이 다 똑같다고 할 수 있다. 그러나 그들은 문학이라 불리는 공통분모 위에서 각인각색이 된다. 굴드는 위대한 작가들의 세계란 각 부분이 전체이고 전체가 각 부분인 원탁의 모임 같은 것이라고 생각했다. 그러므로 이런 관점에서 위대한 작가 Y의 어떤 문장이 위대한 작가 X의 첫 문장으로 사용되었다 해도 문제 될 게 전

혀 없다. 이 경우 두 작가의 작품들은 모두 위대한 문학이기 때문이다. 그런데 가령, 위대한 작가 X가 자신의 걸작 첫머리에다 졸작들을 쓴 작가 Z의 어떤 문장을 인용한다고 가정한다면? 하지만 생각이 여기까지 미치자 굴드는 정말로 구역질이 날 것처럼 역겨워져서 더이상 생각을 진척시키지 않았다.

 ─『롤리타』에서 블라디미르 나보코프는 아주 독창적이고도 재치 있게 소설 첫머리에 존 레이 박사라는 가공의 의사가 쓴 서문을 넣을 생각을 했다. 아주 편리하고 효과적인 방법이었다. 의사에게 문학적 자질을 증명할 수 있는 글을 요구할 생각은 아무도 하지 않을 테니까. 펜대를 굴리려고 의사가 되는 것은 아니지 않는가. 나보코프는 그런 식으로 첫 문장에 대한 번민을 존 레이에게 맡겨 해결했고, 그래서 고통 없이 가벼운 마음으로 글을 써나갈 수 있었다. 그것은 어떤 면에서, 문장력이 주된 관심사가 아닌 가공의 인물에게 그 임무를 맡김으로써, 자기 책의 첫머리 인용문을 자기가 직접 만들어낸 것이라고 할 수 있다.

 ─ 반면에 오스카 와일드는 어려움을 선택했다. 그의 『도리언 그레이의 초상』은 쩌렁쩌렁한 어조와 함께 비할 데 없이 호화찬란한 선언으로 시작되고 있는데, 그것은 말 그대로 독자를 케이오시켰다. "예술가는 아름다움의 창조자다." 이것이 그 서문의 첫 문장이었다. 굴드는 이 문장이 작품 전체의 일부를 이루고 있으며, 용감한 와일드가 '첫 문장'이라는 적 앞에서 절대로 기가 꺾이지 않았다는 것을 알 수 있었다. 그 문장은 정말로 태양처럼 갑자기 솟구

쳤고, 그는 단지 그것을 더한층 찬미했을 뿐이다.

─ 토마스 만의 『마의 산』 역시 소설의 "의도"*를 장황하게 밝히
는 것으로 시작하고 있는데, 그것에 대해 굴드는 다음과 같은 결론
에 도달했다. 즉 서문이 이미 본문이었으며, 토마스 만은 위대한
인물이라면 당연히 갖고 있으리라 예상되는 용기로 첫 문장의 공
격에 대한 두려움과 불안에 과감히 맞섰다.

무질, 조이스, 포크너, 포이스, 로렌스, 오웰, 셀린, 되블린, 그들
모두가 놀라우리만큼 완벽한 첫 문장을 갖고 있었다. 조사를 해나
가는 동안 굴드는 자신의 방법에 관해 자문해보았다. 산만하게 이
것저것 손대기보다는 단 한 명의 천재를 연구하는 것이 더 현명하
지 않을까? 그리고 위대한 작품들만을 살펴보고 있는 건 뭔가 튀
어보고 싶은 터무니없는 허영심 때문이 아닐까? 시시껄렁한 책이
나 대중소설의 첫 문장들을 연구한다면, 두려움을 몰아내는 방법
을 보다 실제적으로 깨우칠 수 있을지도 모르는데. 그리고 보면 나
는 첫 문장을 시작할 수 없어 한 번도 책을 쓰지 못한 주제에, 발저
나 스턴 같은 작가에 비견할 만한 첫 문장을 단번에 써낼 수 있기
를 바라는 것일까? 그는 잠시 곰곰이 생각해보고 나서 그런 추론
을 물리쳤다. 물론 그가 덤벼들었던 작품들보다 덜 위대한 작품들
의 첫 문장을 연구하는 것이 더 겸허한 자세였을 것이다. 하지만

---

* 원문에서는 이 부분을 "데생"으로 표현하고 있는데, 이는 『마의 산』의 프랑스어판
번역가 모리스 베츠가 '의도'를 뜻하는 독일어 Vorsatz를 "데생"으로 번역했기 때
문이다. 토마스 만은 이 번역을 매우 흡족히 여겼다고 한다.

일부러 나쁜 스승을 선택하는 것은 지극히 반교육적인 발상이 아닌가. 회화의 기초를 배우고 싶어하는 사람은 서툰 전원 풍경화보다는 마티스의 그림을 주시하는 것이 훨씬 도움이 된다. 논리적으로 따져볼 때, 문학에 있어서도 그건 마찬가지다.

어쨌건 간에, 평소에 좋아하던 소설들의 첫 문장을 연구하는 것은 굴드가 바랐던 것만큼 도움이 되지 않았다. 그는 그 문장들을 읽으면서 뭔가 모순된 기분이 들었다. 이따금씩은 금방이라도 첫 문장을 쓸 수 있을 것 같았다. 장벽 따위는 심리적인 것일 뿐이고 첫 단어들은 뒤따라올 단어들보다 그렇게 중요한 게 아니며, 그것은 의지의 문제이자 정신 상태의 문제이지, 첫 문장의 존재론적 포착 불가능성과는 아무런 상관이 없다는 생각이 들었다. 하지만 또 어떤 때에는, 자신은 결코 거기에 다다르지 못할 것이며 첫 문장은 자기가 상대하기에는 너무 힘에 벅찬 짐승이고, 오직 진정으로 위대한 작가들만이 그것에 도전할 수 있다는 생각이 들기도 했다. 좌절에 휩싸인 그는 차라리 냉소주의로 도피해, 패러디라는 비겁한 카드를 이용해버릴까 생각하기도 했다. (그 패러디라는 것은 가령 다음과 같은 문장으로 나타났을 것이다. "오늘 엄마가 죽었다. 그렇지만 변함없이 나는 일찍 잠자리에 들었다.") 실의에 빠진 굴드는 완벽한 첫 문장, 그가 아주 오래전부터 찾아 헤매던 문장이 마치 못된 오리처럼 그를 비웃고 있는 것 같은 느낌이었다. 잔인하고 짓궂은 그것은 그가 얼마나 보잘것없으며 위대한 작가들과는 거리가 먼 존재인지 스스로 깨닫게 했다. 그럼에도 그는 자기가 형편없는 시작 부분을 쓰게 된다는 건 생각만 해도 참을 수 없었기 때문에, 그의 상황은 출구가 없어 보였다.

그때 그에게 어떤 생각이 떠올랐다. 천재적인 생각이. 장벽에 맞설 수가 없다면 장벽을 피하거나 뛰어넘으면 될 것이다. 완벽한 첫 문장을 찾는 데 실패했다고? 까짓것, 문제 될 것 없다! **그렇다면 두 번째 문장부터 시작하면 되는 거다.** 열에 들뜬 그는 만년필을 손에 쥐고 글을 쓰기 시작했다. "(…) 바로 그 때문에 나는 거기서 멈추었다." 그의 안도감은 엄청났다. 정신의 운하들을 막고 있던 암초가 순식간에 폭발해 사라져버렸다. **굴드는 자신의 책을 쓰기 시작했다,** 두번째 문장부터 시작되는 책을. 그는 뿌듯한 만족감을 느끼면서 그 문장을 바라보았다. 하지만 그는 거기에 한 가지 문제가 있다는 것을 이내 알아차렸다. 그 문제란 건 사실상 아주 간단했다. 그의 책을 펼칠 독자는 **곧장** 두번째 문장부터 읽기 시작할 것이다, 그게 첫 문장이 아니라는 것을 의식하지도 못한 채. 굴드가 그 첫 문장을 써낼 수 있었던 건, 그 문장이 첫 문장이 아니며 그래서 완벽을 지향할 필요가 없다는 것을 미리 알았기 때문이었다. 만일 그게 첫 문장이라고 생각했더라면 아마도 그는 더 우아하고 멋진 표현을 찾으려 했을 것이다. 이상적인 형태의 문장을 찾아내기 위해 몇 날 며칠이고 고투할 각오를 하고. 독자들이 그게 두번째 문장이라는 사실을 전혀 모르는 채 책을 읽기 시작할 거라는 데 생각이 미치자, 묘안에 대한 환상이 순식간에 깨지고 말았다. 독자들이 두번째 문장을 첫번째 문장으로 오인한다면 굴드는 그 두번째 문장 역

16

시 써내지 못할 것이다. 그래서 그는 첫 문장이 두번째 문장이라는 사실을 책머리에 일러두면 어떨까 생각해봤다. 하지만 안타깝게도 그건 미봉책에 불과했다. 그럴 경우 바로 그 일러두기가 책의 실제적인 첫 문장이 될 테고, 그래서 결국 그는 그걸 쓰지 못할 터였다.

굴드는 짜증이 났다. 불안에 사로잡힌 그에게 훨씬 더 획기적인 생각이 떠올랐다. 첫 문장을 괄호로 처리한다면 두번째 문장이 첫 문장이라고 생각하게 될 것이다. 그러므로 두번째 문장 역시 괄호로 처리하는 거다. 그러면 세번째 문장이 첫번째 문장이 될 것이다. 그러므로 세번째 문장 역시 괄호로 처리할 것이고, 네번째와 다섯번째 문장도 계속 괄호로 처리하는 거다. 흥분의 절정에 다다른 굴드는 책의 첫 세 단락을 단숨에 써내려갔다.

"(…) (…)"

그는 단 하루 만에 책을 완성할 수 있었다. 그는 자랑스러움에 취해 그것을 두 번 되풀이해 읽고 나서 지쳐 쓰러졌다. 그렇게 해서 굴드는 한 권의 소설을 써낸 작가가 되었다. 첫 문장을 시작할 수 없어서 결국 아무 내용도 쓰지 못한 소설의 작가.

많은 세월이 흐른 후 굴드는 첫 문장에 대한 무시무시한 두려움에 길들여졌고, 그래서 진짜 책들을 써낼 수 있었다. 그는 심지어 존경받는 작가, 유럽 전역에 알려진 유명 작가가 되기까지 했다. 생의 말년에 이른 그는 이제 회고록을 집필하고 있다. 그것은 그의 마지막 책이 될 것이다. 그는 그 책을 명쾌하고 진솔한 문체로 쓰고 있다. 그는 그 책에서 젊은 시절 자신의 문학적 야망을 일시적으로 가로막았던 그 터무니없는 번민에 대해 해학적으로 이야기한다. 단어들이 마치 마술처럼 그의 머릿속에 떠오른다. 창작의 즐거움을 만끽하며 몇 주일을 보낸 끝에, 그는 결론을 맺기로 마음먹는다. 그 순간, 그는 갑자기 밀려드는 불안의 표적이 된다. 그는 의심하고 주저하면서 그동안 그토록 확고했던 자신감과 침착성을 잃어버린다. 또다른 책을 쓸 수 있기를 바라기에는 너무 늙어버린 그는 자기가 이제 곧 쓰게 될 단어들이 자신의 마지막 단어들이 될 것임을 안다. 이 책의 마지막 문장은 그의 생에 있어서 마지막 문장이 될 것이며, 최후의 문학적 몸짓, 일종의 유언이 될 것이다. 그는 그 문장을 영원히 기억될 수 있는 것으로 만들어야 한다. 그래서 그는 그런 강박감 때문에 잠을 이루지 못한다. 굴드는 자기가 완벽한 마지막 문장을 찾아내기 전에 죽을까 두렵다. 그건 그에게 가혹한 형벌이다. 그는 이내 자신의 몸에서 마지막 힘이 빠져나가는 것을 느끼고 체념한다. 그리고 혼란스러운 분노의 말을 내뱉으면서 종이 위에 쓴다. "(⋯)" 그는 잠시 자신의 마지막 책의 마지막 페이지를 살펴보고, 마지막 문장을 감추는 것만으로는 충분하지 않다는 사실을 깨닫는다. 그렇게 하면 마지막 문장의 바로 앞 문장이 마지막 문장이 되기 때문이다. 그래서 그는 마지막 문장 앞의 문장을 감춘다. 그리고 끝에서 세번째 문장 역시 그런 식으로 감춘다. 그리고 세번째 문장 앞의 문장도. 그리고 그 앞의 앞 문장도⋯⋯ 굴드는 문장들을 점차 삭제해나가서, 결국 몇 시간 만에 회고록의 오백 페이지를 전부 괄호로 처리하고 만다. 완벽한 마지막 문장으로 끝을 맺을 수가 없어서. 그렇게 해서 그는 완벽한 마지막 문장을 쓸 수 없어 아예 아무것도 시작하지 못한 책의 저자가 되었다. 그 결과, 그의 마지막 작품의 맨 마지막 문장은 그전 책의 마지막 문장이다. 그는 불안한 심정으로 그것을 확인하고는, 자기가 정말이지 그런 식으로 문학과 작별을 고할 수는 없다고 생각한다. 그래서 그는 자신의 마지막 책 바로 앞의 책 역시 끝에서부터 시작해서 첫 부분까지 차례로 지워나갔다. 마지막 단어들에 대한 두려움 때문에. 미칠 지경이 된 굴드는 자신의 모든 책에 달려들어 문장들을 거꾸로 지워나간다. 그리고 자신의 두번째 소설을 지워나가던 중에 그의 심장이 박동을 멈춘다. 그는 **미완된** 작품 하나를 남긴다. 그 작품을 완전히 구현할 수 없었기 때문이 아니라, 그 작품을 완전히 파괴하기에는 시간이 부족했기 때문에.

침입자

L'INTRUS

십팔 개월 전에 그 침입자가 전혀 뜻하지 않게 내 삶에 끼어들었
다. 그가 출현하리라는 조짐은 전혀 없었다. 어느 화창한 봄날 오
후에 나는 내 집 정원 안에서 그를 발견했다. 스무 살가량의 젊은
남자. 숱 많은 금발이 이마를 가리고 있는 앳된 얼굴. 그는 우리 집
산울타리를 전지가위로 열심히 다듬고 있었는데, 일에 너무 몰입
해 있어서 내가 다가가는 소리도 듣지 못했다.

"누구시죠?" 나는 상냥하지 않게 내뱉었다.

그는 소스라치게 놀라면서 내 쪽을 돌아보았다. 하지만 이내 그
의 얼굴에는 안도감 같은 것이 떠올랐다. 마치 그와 내가 오래전부
터 알고 지낸 사이라는 듯이.

"울타리를 좀 정리해줘야 할 것 같아서요." 그는 내 질문에는 대

답도 하지 않고 딴소리를 했다. "다음주까지 내버려두지 않는 게 좋을 것 같더라구요."

그는 다시 일에 열중하면서 건성으로 내게 손을 내밀었다. 나는 그의 태연자약한 태도에 당황해서 얼떨결에 그 손을 잡았다가 곧 냉정을 되찾았다.

"고맙긴 하지만, 그만하면 됐어요. 당신 물건들을 챙겨 갖고 그만 가보세요."

그는 놀란 동시에 실망한 것 같았다. 마치 내가 어떤 지시를 갑자기 취소하거나 그가 오랫동안 고대해온 즐거운 일을 억지로 중단시키기라도 한 것처럼.

"정말입니까?" 그는 아직 손을 보지 않아 삐죽빼죽한 울타리 윗부분들을 가리키면서 말했다. "부지런히 하면 오늘 저녁까지는 끝마칠 수 있을 텐데요."

"됐다니까요. 그만 가세요."

그는 자기가 뭔가 잘못을 저질렀다는 것을 깨달은 듯이 눈을 내리깔았다. 그러고 나서 다시 눈을 들더니 한없이 슬프고 애틋한 시선으로 나를 괴롭히면서 마지막으로 양해를 구했다.

"바닥에 떨어져 있는 나뭇가지들을 정원 한구석에다 치워드리고 가도 될까요?"

내가 위협적인 표정을 짓자 그는 재빨리 달아났다. 나는 울타리 쪽으로 눈길을 한 번 슬쩍 던져보고는 그의 전지 솜씨가 거의 전문가 수준이라는 것에 깜짝 놀랐다. 어쨌든 나는 집 안으로 들어와 문을 이중 삼중으로 걸어 잠갔다.

이튿날 아침, 집에서 나와보니 울타리의 나머지 부분이 말끔하게 다듬어져 있었고, 잘린 나뭇가지들은 정원 한구석에 쌓여 있었다. 일 처리가 완벽했다.

일주일 후, 대문 철책에 페인트칠이 새로 되어 있는 것을 발견했다. 그리고 문손잡이에 종이가 한 장 걸려 있었다. "색깔이 마음에 드셨으면 좋겠군요. 조만간 재벌칠을 하러 다시 들르겠습니다." 마치 서명처럼 휘갈겨 쓴 글씨였다. 내가 분노를 가라앉히고, 까닭 없이 나를 도와주는 그 정체 모를 사람의 넉넉한 인심, 무례하기 그지없는 그 후한 인심에 그렇게까지 흥분할 필요 없다는 사실을 받아들이기까지는 어느 정도 시간이 걸렸다. 그 청년은 아마도 집수리에 타고난 재주가 있지만 어딘가 좀 모자란 구석이 있는 외톨이일 것이다. 그래서 허드렛일로 도움을 주면서 나의 호감을 사려 했을 것이다. 그러니 내가 그와의 교류를 원하지 않는다는 것을 확인하게 되면 그런 짓을 그만둘 것이었다. 그렇다고 걱정이 사라지는 것은 아니었다. 나는 여전히 신경이 쓰였고, 그래서 만일 이런 일이 계속 되풀이된다면 경찰에 신고해야겠다고 생각했다.

그다음 날, 아침에 일어나 부엌 창밖을 내다보다가 그의 모습을 다시 발견했다. 그는 붓을 든 손에 페인트를 잔뜩 묻힌 채 정원 안에 우뚝 서 있었다. 하지만 그의 미소는 화를 낼 수 없게 만들었다. "덧문들을 전부 다시 칠했어요!" 그가 자랑스럽게 외쳤다.

나는 덜컥 겁이 나 거친 숨을 내뿜고는 재빨리 부엌에서 나와 문 뒤로 몸을 숨겼다. 그가 유리창을 조용히 두드렸다.

"선생님? 거기 계시죠?"

벽에 바짝 달라붙은 채, 나는 그에게 내 집에서 당장 꺼지라고 고함을 질렀다. 관자놀이 부근이 팔딱거렸다. 다시 침묵이 흘렀다. 나는 한동안 그대로 꼼짝도 하지 않고 있다가, 마침내 칼을 찾아 손에 들고 용기를 내어 밖으로 나갔다. 그는 이층 덧문들을 포함해서 모두 열두 개의 덧문들을 다시 칠해놓았다. 이번에도 결과는 아주 훌륭했다.

나는 그날 곧바로 경찰서로 달려갔다. 접수를 받는 경찰공무원들은 내가 하는 이야기를 별로 심각하게 받아들이지 않았다. 그들은 불쾌할 정도로 느긋했다. 그러더니 뭐 그렇게 심각한 일도 아니라면서 고소를 만류했다. 그렇지만 나는 고집을 부렸고, 결국 우리 집 주변의 순찰을 강화하겠다는 약속을 받아냈다.

집으로 돌아와보니 잔디가 말끔히 깎여 있었다. 게다가 대문에 압정으로 꽂아놓은 쪽지에는 정원에 벌레들이 많아 살충제를 뿌렸다고 적혀 있었다.

그다음 며칠 동안 그 침입자는 벗나무의 죽은 가지들을 쳐내고, 두더지들이 돌아다니지 못하게 땅굴 입구들을 찾아 모두 막고, 화단의 흙을 부드럽게 일궈놓고, 우편함을 손보고, 안뜰에 깔린 자잘한 자갈들을 평평하게 골라놓고, 금이 간 계단의 틈새를 메워놓았다. 그는 언제나 내가 집에 없을 때, 대체로 내가 일을 하는 시간 동안 그런 일들을 했다. 심지어 내가 불과 몇 분 정도 외출해 있는 사이에도 그는 그 시간을 유용하게 사용할 일거리를 찾아내곤 했다. 신문을 사러 나갔다 돌아올 때면 어김없이 내 집 꽃밭에 물이 뿌려져 있었다. 무례하기 짝이 없는 그의 번개 같은 일솜씨는 정말로 풀 길 없는 수수께끼였다. 나는 길모퉁이에 숨어 망원경으로 망을 보면서 몇 번이나 그를 현장에서 포착하려 했다. 하지만 허사였다. 그는 나의 모든 전략을 실패로 돌아가게 만들었고, 신기에 가까운 솜씨로 자신의 시간을 관리했으며, 자신의 목표들을 반드시 이루어냈다. 투명인간 혹은 천재적인 예지력의 소유자인 그 침입자는 뭔가 초자연적인 데가 있었다.

나는 그가 범행을 저지르고 난 후 마치 나를 비웃듯 현장에 남겨놓고 가는 쪽지들을 차곡차곡 모아두었다. "정원 안쪽에 지저분하게 널려 있던 나뭇가지와 돌들을 쓰레기장으로 옮겼습니다. 이제 그곳은 깨끗합니다. 그곳에다 화단을 새로 만들면 어떨까요?" "까치밥나무 열매가 썩기 전에 모두 따 모았습니다. 양동이 네 개에 담아 차고 옆 나무 그늘에 놓아두었습니다." "처마 밑에 말벌 집이 있더군요. 그걸 제거하는 데 필요한 도구들을 챙겨서 다시 들르겠습니다." 비슷한 내용의 쪽지들이 열다섯 장이나 모이자 나는 경찰서로 달려가 가능한 한 빨리 이 문제를 해결해달라고 경찰들을 설득했다. 나는 내 생활을 뒤흔들어놓고 있는 그 침입자의 인상착의를 가능한 한 자세하게 설명해주었다. 하지만 경찰들은 내가 왜 그의 행동을 막으려 하는지 도무지 이해하지 못하는 것 같았다.

그들의 무관심에 부아가 치민 나는 내가 직접 나를 보호하는 수밖에 없다고 생각하고, 정원을 빙 둘러 높다란 철조망 울타리를 설치했다. 하지만 불가해하게도 그건 아무 소용도 없었다. 아니 오히려 그는 더 대담해져서 집 안으로 들어오기까지 했다("차고 문이 제대로 잠기지 않더군요. 그래서 제가 손을 봤습니다. 그리고 그걸 수리하는 김에 지하실과 일층 복도 청소도 했습니다. 집 안을 아주 세련되게 잘 꾸며놓으셨더군요").

나는 집 안의 자물쇠들을 모두 바꾸고, 대문 위에는 깨진 유리 조각들을 붙이고, 아래층 창문들에는 쇠창살을 달았다. 하지만 그것 역시 아무런 소용이 없었다. 나는 그가 발이 걸려 넘어지도록 잔디밭을 가로질러 나일론 줄을 쳐놓았고, 울타리 안쪽에 구덩이를 파놓았으며, 정원 곳곳에 스무 개의 늑대 덫을 설치했고, 감시 카메라와 경보기도 집 안 곳곳에 달아놓았다. 하지만 모두 무용지물이었다. 그의 모습은 감시 카메라에 한 번도 잡히지 않았다. 그는 일주일에 두세 번씩 꼬박꼬박 내 집 안으로 침투하는 데 성공했고, 집 안에서 뻔뻔하게도 자신만의 작은 유희를 만끽하곤 했다. 그는 먼지를 털어내고, 빨래를 널고, 욕실을 청소하고, 화분에 물을 주었다. 어느 날에는 냉장고에 식품들을 잔뜩 채워넣을 생각까지 했다. 집사 행세로 만족하지 못해 주방장 노릇까지 하기로 마음먹었던 모양이다. 그날 이후로 일을 마치고 집에 돌아오면 부엌 식탁 위에 음식들이 멋지게 차려져 있곤 했다. 더욱이 그 요리들은 항상 따뜻한 상태였고, 최적의 온도로 맞춰진 포도주까지 한 병 곁

들여져 있었다. 그것은 너무나 놀라워 믿을 수 없었고, 그래서 등골이 오싹할 정도로 겁이 났다.

경찰들이 연거푸 네 번 집으로 찾아왔다. 하지만 그들은 지문도 불법 침입의 흔적도 발견하지 못했다. 떠나면서 그들 중 한 명은 정원을 정말 멋지게 가꾸어놓았다고 칭찬하기까지 했다. 나는 다른 곳으로 이사 가는 것을 점점 더 심각하게 고려하고 있었다. 그 침입자에게 너무 오랫동안 괴롭힘을 당해왔다. 그는 나의 일거수 일투족을 완전히 꿰고 있었다. 아마도 그는 내 서재에 들어와 정돈을 하면서 서류들을 뒤졌을 것이다. 그는 나의 은행거래 내역과 내 급여액을 알고 있었고, 전화 요금 청구서들을 통해 내 친구들이 누구인지도 알고 있었으며, 나의 우편물을 읽었고, 내 컴퓨터의 하드디스크를 수시로 뒤져보고 있었다. 개인 정보들을 보호하기 위해, 나는 금고 두 대를 구입하여 지하실 벽에 박아넣었다. 그는 사흘 후에 그 사실을 알아차리고는, 진공청소기를 돌린 거실 테이블 위에 이런 쪽지를 남겼다. "금고들이 아주 튼튼해 보이더군요. 거기다 중요한 것들을 보관하시면 아주 안전하겠어요."

휴가철이 다가왔다. 우울함이 극에 달한 나는 바캉스도 포기했다. 내 집을 그 침입자에게 내맡기고 떠날 수가 없었다. 그는 그 기회를 틈타 내 집을 완전히 점거해버릴 게 분명했다. 내가 집으로 돌아올 때쯤이면, 우편함에는 더이상 내 이름이 없을 것이고 내 옷에서는 내 체취마저 사라지고 없을 것이다. 침입자는 나의 삶에 끼어들어와 살고 있었기 때문에 내 자리를 아주 간단하고도 완벽하게 차지할 것이다. 결국 나는 그에게 생활비를 대달라고 구차하게 애걸해야 할 것이고, 때로는 그가 가로챈 돈의 일부나마 돌려줄 수 없겠느냐고 애원하면서 그에게 얹혀사는 것 외에 달리 방법이 없게 될 것이다.

그런 날들이 계속되었다. 그와 나는 마침내 우리만의 비밀들, 우리의 사건들, 우리의 습관들을 공유하는 기이한 커플이 되었다. 그는 나에게 도움을 주기 위해 최선을 다했고, 나는 그의 일을 방해하기 위해 최선을 다했다. 때때로 내가 창문 틈새나 울타리 안에 몰래 박아둔 면도날과 칼날 주변에서 점점이 이어진 핏자국들을 발견하기도 했다. 하지만 그는 신음 한 번 내지 않고 계속 말없이 나를 돕는 일에 헌신했다. 나는 그가 스스로 선택한 사명들에 혐오감을 느끼게 만들 방법들을 생각해내느라 끝없는 상상의 나래를 펼쳤다. 하지만 헛일. 내가 아무리 집 안을 일부러 어지럽혀봤자, 밖에 나갔다 돌아와보면 모든 것이 언제나 흠잡을 데 없이 말끔하게 정리되어 있었다. 나는 그가 나를 위해 차려놓은 요리들을 포크한 번 대어보지 않고 보란 듯이 쓰레기통에 던져버렸고, 그러면 그는 훨씬 더 훌륭한 요리들을 차려놓았다. 그는 가끔씩 나에게 작은 선물도 했다. 비싸지는 않지만—그는 돈이 별로 없어 보였다—언제나 내 마음에 쏙 드는 것들이었다. 마침내 나는 남은 평생 동안 그를 견뎌내야 할 것이고, 어쩌면 그와 함께 죽어갈지도 모른다고 불안스레 생각하게 되었다. 그의 시신이 내 시신을 따라 관 속으로 들어와, 내가 그 안에서 점차 부패해가는 동안 그가 관을 깨끗하게 청소할 것이다. 영원히.

나는 결국 그에게서 벗어나려 할 필요가 없었다. 그는 어리석게 도 지나치게 잘하려다가 스스로 사라지고 말았다. 어느 비 오는 저 녁, 정원 안쪽에서 폭발음 비슷한 소리가 들려왔다. 퓨즈가 나갔 다. 나는 손전등을 들고, 침입자에게 쏘려고 구입했던 가스총을 챙겨들고 밖으로 나갔다. 그리고 울타리 주변, 내가 얼마 전에 새 로 설치해놓은 전기 철조망 아래 쓰러져 있는 어떤 형체를 보았 다. 그였다. 그의 금발과 갸름한 얼굴 윤곽을 알아볼 수 있었다. 그 는 한 손에는 니퍼를, 다른 한 손에는 커다란 드라이버를 들고 있 었다. 철조망을 손보려다 감전되었던 것이다. 그는 몸을 격렬하게 떨면서 뭐라고 중얼거리고 있었다. 나는 가스총을 손에 든 채로 조 심스럽게 그에게 다가갔다. 그리고 이런 말을 들었다. "전기 철조 망…… 전압을 높이면 도둑들이 당신 집 근처에 얼씬하는 걸 더 확실히 막아줄 거라고 생각했어요…… 이제 전압 조절 장치를 돌 리기만 하면……" 그는 고통스러워하면서 변압기의 전압 조절 장 치를 있는 힘껏 돌렸지만, 하던 말은 끝맺지 못했다.

그날 이후로, 나는 그를 자주 떠올린다. 그리고 무보수로 천국의 마룻바닥에 왁스칠을 하고 있을 그를 상상한다. 그가 지나칠 정도 로 착하게 굴지 않았더라면 내가 그의 보이지 않는 존재에 길들여 졌을까? 이제 그가 했던 쓸데없는 근심 걱정에서 벗어나 쥐 죽은 듯 조용하기만 한 커다란 집 안에 파묻힌 나는 불안한 동시에 초조하게 귀를 기울인다. 나는 이제 더이상 쫓아낼 사람이 없다. 그가 그립다. 매일 저녁, 잠자리에 들기 전에 나는 현관문의 잠금장치를 풀고 문을 반쯤 열어놓는다. 혹시라도 그의 유령이 찾아와 이 집에 들러붙어 있겠다고 마음먹을지도 모르니까.

거짓말 주식회사

LA MENSONGERIE

"친애하는 여러분, 줄 바꾸고, 몇 년 전부터 나는 여러분을 완전히 믿고 회사의 경영권을 여러분에게 넘겨드렸습니다, 마침표."

"넘겨드렸습니다, 마침표." 나는 그의 말을 따라 하면서 받아 적었다.

"그런데 나는 최근에 대단히 우려되는 몇 가지 문제점들을 발견했습니다, 마침표. 그에 대해 필요 불가결한 대책들을 논의하고자 모일 모시에 회의를 갖고자 합니다, 마침표. 나는 언제든 시간을 낼 수 있으니까, 여러분이 원하는 날짜와 시간을 알려주십시오. 인사말은 자네가 적당히 알아서 쓰고 끝맺도록. 그리고 즉시 발송하게."

"알겠습니다."

나는 푸이즈 앤드 퐁텐 사에서 일하기를 항상 열망해왔다. 어린 시절에 커서 뭐가 되고 싶냐는 질문을 받을 때면, 나는 한결같이 이렇게 대답했다. "푸이즈 앤드 퐁텐 사에 들어갈 거예요." 어른들은 내가 또래 친구들처럼 우주 비행사나 수의사, 프로 축구 선수가 될 거라고 우쭐거리며 말할 거라 기대했다가 내 대답을 듣고는 실망을 감추지 못했다. 거긴 아주 큰 회사지. 그들은 그렇게 말하면서 내 얘기를 더 자세히 듣고 싶어했다. 그런데 거기 들어가서 무슨 일을 할 거니? 사실 그건 나도 몰랐다. 솔직히 말해서, 내가 그 회사에서 무슨 일을 하든 그런 건 별로 중요하지 않았다. 사장에서부터 전화교환원에 이르기까지, 모든 직책이 나에게 다 어울릴 테니까. 대학을 졸업하자마자 나는 그 회사의 인사관리부에 입사 원서를 보냈다. 나의 끈기(열두 통의 지원서)와 한 번의 성공적인 면접으로 나는 일주일간 인턴으로 일을 하게 되었고, 회사에 긍정적인 인상을 심어줄 수 있었다. 그렇게 해서 나는 마침내 고객지원부에 채용되었다. 그것은 나에게 있어서 오랜 꿈의 실현이었다. 물론 내가 배치된 부서와 직책은 그 회사 내에서 별 볼 일 없는 말단직임에 분명했다. 그래서 어머니는 내가 그것보다 높은 자리에 갔어야 한다고, 뭐가 부족해서 그런 자리밖에 못 얻었냐고 끊임없이 잔소리를 늘어놓았다. 하지만 나는 자신만만했다. 나는 내가 빠르게 승진하여 푸이즈 앤드 퐁텐 사에서 모든 사람들이 깜짝 놀랄 만한 성공 신화를 이루어낼 거라고 믿어 의심치 않았다.

입사 후 첫 몇 주일 동안은 행복감에 젖어 지냈다. 비록 급여는 얼마 되지 않았지만, 나는 내가 하는 일에 무한한 자부심을 느꼈다. 나에게는 모든 것이 경탄의 대상이었다. 나의 상사들이 내린 결정들은 믿을 수 없을 정도로 현명해 보였다. 업무 보고서에는 지혜가 가득한 조언들이 담겨 있었고, 간부들은 예지력이라고 불러도 좋을 만한 천재적인 역량과 활력을 서로 경쟁하듯 발휘했다. 나는 나 자신이 마치 물 만난 고기 같다는 생각이 들었다. 그래서 내가 소속되어 있는 이 거대한 집단에 내가 가진 최고의 능력을 보여주기 위해 최선을 다했다.

하지만 몇 달이 지난 후, 현실은 입사 초기처럼 그렇게 이상적으로 보이지는 않았다. 처음에는 그냥 그런 느낌이 들었고, 그래서 기분 탓일 뿐이라고 나 자신을 다독이며 애써 부인하려 했다. 하지만 이런저런 자잘한 것들이 내 주의를 끌면서 나를 불안하게 했다. 회사의 몇몇 전략적인 방침들은 이상해 보이고 이해하기도 어려웠다. 그렇지만 나는 이성적으로 생각하려 했다. 무조건 믿어야 한다, 사장은 자기가 하는 일에 대해 잘 알고 있다. 회사의 임원들은 다들 수완 좋고 자신들만의 노하우가 있는 프로들이다, 따라서 그들은 멀리 내다보고 정확하게 승부를 건다…… 나는 회사 내에 떠도는 불확실한 정보들 때문에도 솔직히 좀 놀랐다. 소문들에 따르면, 고급 간부들의 연봉은 상상을 초월할 정도이며, 그들의 실제 능력에 비해 터무니없이 많은 돈을 받는다고 했다. 사원들이 복도에서 수군거리는 바에 따르면, 경비 청구서들은 상식선을 벗어나 있었다. 회사는 연구와 미래를 위해 돈을 투자하기보다는 디너 파티, 뇌물, 사치스러운 집기들, 또는 화려한 피혁 제품들(회사 마크가 들어간 어깨끈 달린 가방, 필통, 담배 케이스 등등)에 더 많은 돈을 낭비하고 있었다. 나는 그 소문들을 믿어야 할지 말아야 할지 알 수 없었지만, 그게 어느 정도 사실일 거라고 생각하지 않을 수 없었다. 재정 상태가 최악이라는 말이 회계과 쪽에서 들려오고 있었다. 기획부에서는 더이상 새로운 아이디어도, 큰 프로젝트도, 핵심 상품도 내놓지 못했다. 나 역시 일상적인 업무를 볼 때, 회사가 묵인하고 있는 방만한 운영 체계가 낳은 언어도단의 상황들에 직면하곤 했다. 예를 들어, 정보처리 기자재들은 노후했고 관리도 제대로 되어 있지 않았다. 시대에 뒤떨어진 권위주의적인 관행들은 직원 개개인의 발언권을 빼앗아 주인 의식을 갖고 자발적으로 행동하려는 의욕을 꺾어놓음으로써 일 처리를 더디게 만들었다. 회사 내에서는 정보들이 제대로 소통되지 않았다. 위계질서도 엉망이었다. 화분에 물을 주는 사람도 하나 없었다. 푸이즈 앤드 퐁텐 사에서 일 년을 보낸 후, 나는 다음과 같은 명백한 현실을 인정하지 않을 수 없었다. 이 회사는 어느 남아메리카 국가처럼 운영되면서 서서히 무너져내리고 있었다. 그와 함께 내 꿈 역시 허물어져내리고 있었다.

푸이즈 앤드 퐁텐 사는 고질적인 허언증 환자인 테오도르 푸이즈와 앙리 퐁텐에 의해 1908년에 설립되었다. 그들은 자신들의 거짓말을 상품화하겠다는 기상천외한 생각을 했다. 초창기에는 보잘 것없는 회사였지만, 기발한 아이디어들이 성공을 거두면서 빠르게 자리를 잡아나갔다. 그들은 직원들을 몇 명 채용하고, 한 건물의 일층에 사무실을 차렸다. 그리고 얼마 지나지 않아 그 건물을 통째로 사들였다. 회사는 날로 번창해나갔다. 정치인들은 선거에 입후보하기 전에 이 회사의 새로운 거짓말 게임 상품을 구입하는 게 관례처럼 되어갔다. 제1차 세계대전은 회사가 비약적으로 성장하는 데 결정적인 역할을 했다. 클레망소*가 자주 말했듯이, 선거나 전쟁 기간, 그리고 사냥을 마치고 돌아온 후만큼 사람들이 거짓말을 많이 할 때도 없기 때문이다. 그렇지만 거짓말 주식회사의 진정한 도약은 20년대 말에 비로소 일어났다. 이 시기에 소비에트연방이 프로파간다의 일부분을 그 회사에 맡겼다. 향후 이백 년 동안은 회사가 일거리 때문에 걱정할 일은 없을 것 같았다. 후일 코르넬리우스 카스토리아디스**는 다음과 같이 쓸 것이었다. "러시아 관료들에게 있어서 거짓말하는 행위는 오래전부터 예술을 위한 예술에 속한다." 이십 년도 채 안 되어 푸이즈 앤드 퐁텐 사의 매출액은 백 배로 증가했고, 직원 수는 열 배로 늘었다.

그렇지만 1930년은 암울한 해였다. 그해 삼월에 테오도르 푸이

* 조르주 클레망소. 프랑스의 정치가. 특히 제1차 세계대전 때 레몽 푸앵카레 대통령과 함께 대독일 강경 정책을 추진했고 전시 내각의 총리가 되어 전쟁을 승리로 이끌었다.
** 그리스계 프랑스인 정치철학자(트로츠키주의자). 경제학자이며 정신분석학자이기도 하다.

즈와 그의 부인이 비행기 사고로 죽었다. 6개월 후, 그 전해에 발발한 세계 대공황의 여파가 앙리 퐁텐의 재산을 완전히 집어삼켰고, 그래서 그는 자신의 별장에서 자살했다. 몇 주일 동안 회사는 선장도 없이 항해했다. 사업을 다시 정상 궤도에 올려놓기 위해서는, 그 당시 겨우 스무 살밖에 되지 않았던 푸이즈의 아들 테오도르 푸이즈 2세의 용기와 결단이 필요했다. 그런데 아주 다행스럽게도 그에게는 천부적인 사업 수완과 선견지명이 있었고, 그 덕분에 그는 얼마 지나지 않아 그의 세대에서 가장 위대한 사업가들 중한 명이 되었다. 그가 경영권을 쥐고 있던 시기는 거짓말 주식회사의 황금기였다. 거짓말 주식회사는 온갖 사기와 기만 분야에서 모습을 드러냈다. 경쟁사들이 나타났지만, 그들은 십 년 정도 뒤져 있었다. 푸이즈 앤드 퐁텐 사는 세계 속에 군림하면서 가장 명망 높은 인물이나 단체들, 특히 L. 론 허버드*, 프랑스 공산당, 워렌 위원회**를 주요 고객으로 거느리고 있었다. 지구상에서 최고의 거짓말쟁이들이 이 회사에 취직하려고 몰려들었다. 시장을 독점하다시피 했던 거짓말 주식회사는 가격을 자기들 마음대로 올리면서 어마어마한 수익을 올렸다. 1972년에 테오도르 푸이즈 2세는 어느 권위 있는 경제 잡지가 선정한 그해 최고의 기업인에 올랐다. 그는 그다음 해에 명예롭게 은퇴하고 아들 테오도르 푸이즈 3세에게 자리를 넘겨주었다. 모든 것을 정리한 그는 섬을 하나 구입해 그곳에

---

* 사이언톨로지의 창시자.
** 케네디 암살 사건을 조사하기 위해 만든 미국의 진상 조사 기관.

살면서 회고록 『새빨간 거짓말』을 집필했다.

신임 회장은 자신의 역할에 전념하면서 현상 유지에 최선을 다했다. 그러나 시대는 변했고, 경쟁은 더욱 가열되고 있었다. 푸이즈 앤드 퐁텐 사는 과거보다 더욱 신중하게 게임에 임하지 않으면 안 되었다. 특히 아시아인들은 점점 더 낮은 연령대의 고객들을 겨냥해 저가의 새로운 상품들을 계속 쏟아내고 있었다. 시장에서 살아남기 위해서는 끊임없이 새로운 아이디어를 개발하고, 브랜드 이미지를 관리하고, 다양한 제품들을 생산해야 했다. 그건 쉽지 않은 일이었다. 그래서 테오도르 푸이즈 3세는 심한 우울증에 사로잡혔다. 그는 점점 더 자주 회장실을 비우고 오후의 대부분을 골프장에서 보냈다. 그가 술에 취한 상태로 출근해 회의 시간 동안 꾸벅꾸벅 졸다가, 저녁이 되면 나이트클럽으로 달려간다는 소문이 돌았다. 그러다가 마침내 그의 모습을 더이상 볼 수 없게 되었다. 그는 여전히 그 회사의 대주주였다. 거짓말 주식회사 내에서 그는 일종의 전설이 되었다. 모든 사람이 그 이름을 알지만 실제 그의 얼굴을 본 사람은 나이 많은 직원들 몇 명뿐인 유령 회장. 사람들은 마치 그가 언제라도 벽에서 불쑥 튀어나올 수 있다는 듯이, 조마조마해하면서 그런 소문들을 조심스럽게 에둘러 말하곤 했다. 하지만 말단 직원들 대부분은 그가 죽었다고 생각하고 있었다.

나 역시 테오도르 푸이즈에 대해 별로 아는 게 없었다. 그가 아직 살아 있을까? 나는 그러기를 바랐다. 거짓말 주식회사를 지금의 이 난관에서 벗어나게 해줄 수 있는 사람은 오직 그밖에 없다고 생각했기 때문이다. 그의 자리를 차지한 집단지도체제는 회사를 곧바로 파산으로 이끌었다. 그들은 몇십 년 동안 탄탄하게 쌓아온 회사 재정을 불과 몇 년 만에 거덜냈고, 프랑스 자본주의의 가장 값진 유산 중 하나를 개혁 능력을 상실한 초대형 화석으로 만들어버렸다. 이런 식으로 계속 가다가 거짓말 주식회사는 결국 사라지고 말 게 분명했고, 나는 그런 현실을 맥 놓고 지켜보고 있을 수 없었다. 푸이즈를 찾아내 제자리에 다시 앉혀야만 했다.

나는 여가 시간의 대부분을 푸이즈가 있을 만한 곳을 추적하는 데 바쳤다. 하지만 그건 쉬운 일이 아니었다. 퇴직자들에게 연락을 취해봤지만 아무런 소득이 없었다. 모두들 그가 어떻게 되었는지 전혀 모른다고 했다. 그리고 예전부터 그의 건강 상태가 아주 나빴기 때문에 그가 지금까지 살아 있을 리 만무하다고 말하는 이들도 많았다. 그중 어떤 이는, 그가 아마도 이 나라를 떠나 그의 아버지가 살고 있는 섬으로 갔고, 거기서 고독과 알코올에 절어 살다가 결국 생을 마감했을 거라고 추정했다. 또 어떤 이는 몇 달 전에 13구의 어느 호스티스바 앞에서 텁수룩한 모습의 그를 보았다고 말하기도 했다. 그가 어느 아파트의 고미다락방에 살면서 이 술집 저 술집을 전전하고, 술에 취해 거리를 헤매고 다니며 나날을 보내고 있다는 것이었다. 그렇다면 그가 그 많은 재산을 몽땅 날려버렸단 말입니까? 나는 믿기 어렵다는 듯이 물었다. 나의 대화상대자 말로는, 그가 사람들의 감언이설에 넘어가 엄청난 투자를 했다가 돈을 고스란히 날렸고, 경마에서도 많은 돈을 잃었다고 했다. 나는 그 말을 한 마디도 믿을 수가 없었다. 조사를 시작한 지 한 달이 지났건만, 믿을 만한 실마리는 전혀 잡지 못하고 있었다. 그러던 중에, 뜻하지 않은 행운이 나를 찾아왔다.

어느 날 저녁, 나는 도시의 반대편 끝에 살고 있는 어떤 친구 집으로 가기 위해 택시를 탔다. 택시 운전사는 늙은 알제리 사람이었는데, 내가 차문을 닫자마자 수다를 떨기 시작했다. 그는 자기가 태운 손님들 이야기를 꺼내면서 개중에는 정말 별별 이상한 사람도 많다고 강조했다. 어떤 손님들은 목적지에 도착할 때까지 한 마디도 하지 않고 마치 늑대인간으로 변신중인 것처럼 백미러만 불안스럽게 노려본다고 했다. 또 어떤 이들은 밑도 끝도 없는 이야기를 늘어놓고 나서 그에게 조언을 구하거나 축복을 해달라고 간청하기도 한단다. 그리고 방금 전에는 아주 매력적인 젊은 여자를 태워다주고 왔는데, 그 여자가 자기 직업이 방문 간호사라고 밝히면서 요즈음 어떤 대단한 노신사를 돌보고 있다는 얘길 꺼냈다고 했다. 그런데 그 노인은 입만 열었다 하면 거짓말을 하지 않고는 못배긴다는 거였다. 그래서 그 노인이 말하는 건 무조건 반대로 새겨들어야 한다고 했다. 정신적으로 엄청 지치는 일이라서 요즈음 도저히 정상적인 생활을 할 수가 없다고 그 여자가 푸념하더라는 것이다. 나는 내 귀를 의심했다. 그 노신사가 혹시 푸이즈가 아닐까? 나는 운전사에게 그 젊은 여자가 내린 곳으로 나를 데려다달라고 부탁했다. 그는 그래도 되는 건지 모르겠다고 잠시 망설였지만, 내가 지폐 한 장을 건네자 두말 않고 차를 돌렸다.

택시 운전사는 바스티유 광장 근처의 어떤 평범한 아파트 앞에 나를 내려주었다. 건물 안으로 들어간 나는 계단을 올라가면서 현관문들을 하나하나 살펴보는 것 말고 달리 할 수 있는 게 없었다. 그러다가 육층에서, 간호사라는 것을 한눈에 알아볼 수 있는 하얀 가운을 입은 젊은 여자와 코앞에서 마주쳤다. 처음에 그녀는 자신이 택시 운전사에게 말했던 그 늙은 거짓말쟁이의 정체에 대해 밝히지 않으려 했지만, 사실 줄 생각도 전혀 없었던 답례 얘기를 넌지시 비추자 순순히 털어놓았다. 그녀는 정말로 테오도르 푸이즈라는 남자를 돌보고 있었다. 게다가 그녀는 나에게 그의 주소까지 주었다. 나는 그녀의 뺨에 키스를 하고 부리나케 그곳을 빠져나왔다.

내가 여기저기서 주워들은 헛소문들과는 달리, 푸이즈는 프랑스를 떠나지도 술독에 빠져 있지도 않았다. 그는 파리에서 가장 근사한 구역 중 하나에 위치한 어마어마하게 큰 저택에 틀어박혀 전투기 모형들을 만들며 나날을 보내고 있었다. 나는 그의 집 근처에 차를 세워놓고 차 안에서 이틀을 잠복해 있었다. 매일 오전 아홉시경에 방문하는 간호사를 제외하고 그의 집을 드나드는 사람은 그의 하인 한 사람뿐이었다. 그 파키스탄 남자는 이런저런 잔심부름을 하고 아마도 그의 식사를 챙겨주는 듯했다. 나는 긴장감에 불안해하면서 마침내 그의 집 문 앞으로 다가갔다. 재계 최고 명문가의 마지막 대표자를 만난다는 생각에 나는 잔뜩 주눅이 들었다. 나는 초인종을 누르면서 생각했다. 이제 나는 하나의 전설과 직접 대면하게 될 것이다. 나에게 문을 열어준 사람은 바로 그 파키스탄인이었다. 처음에 그는 테오도르 푸이즈가 아무도 만나고 싶어하지 않는다고 단호하게 말했다. 하지만 나는 이 집을 찾아온 목적에 관해 아주 교묘하게 거짓말을 둘러댔고, 그래서 그는 자기 주인에게 나의 방문을 알리러 갔다. 나는 마침내 으리으리한 거실로 안내되었다. 노인은 무릎 위에 담요를 덮고서 아주 작은 나무 조각 두 개를 붙이려 애쓰고 있었다. 그의 두 손은 떨리고 있었고, 안색은 나빠 보였다. 그는 작업을 끝낸 후에야 비로소 고개를 들었다. 그의 깊고 근엄한 눈이 나를 뚫어져라 노려보았다. 이윽고 그는 나 같은 젊은이가 자기 같은 구시대의 유물에게 무슨 볼일이 있느냐고 물었다. 몹시 흥분하고 감격한 나는 그에게 모든 것을 털어놓았다. 푸이즈 앤드 퐁텐 사에 대한 나의 젊은 열정, 그 회사에서 일하고 있다는 나의 자부심, 그 회사의 운명에 대한 나의 두려움을.

"그런데 나에게 뭘 기대하는 거요, 정확하게." 그는 소파에서 천천히 몸을 일으키면서 말했다.

"거짓말 주식회사를 구해낼 분은 당신밖에 없습니다, 푸이즈 씨."

"나는 아주 오래전에 이미 미련 없이 과거와 결별했소. 이제 난 그런 것들엔 관심 없어요. 회사의 운명이 그렇다면, 침몰하는 수밖에 없겠지요."

"하지만 푸이즈 씨, 그 회사는 당신 이름을 내걸고 있습니다!"

그는 대답하지 않았다. 나는 그가 나를 귀찮아한다는 것을 분명히 알았다. 그리고 그가 나를 쫓아버리려 한다는 것도.

"이 메서슈미트*를 자세히 살펴봤소?" 그는 방 안 여기저기에 전시되어 있는 많은 축소 모형들 중 하나를 가리키며 불쑥 물었다.

그날 나는 그가 거짓말 주식회사의 운명에 관심을 가지게 하지 못하고, 분노와 낙담 사이를 오가며 망연자실한 채 그 집을 나왔다. 푸이즈는 거짓말하는 취미를 잃어버린 게 분명했다. 그는 이제 사사로운 거짓말만을 습관적으로 하고 있을 뿐이었다. 그는 거짓말로 간호사와 파키스탄인을 괴롭히고 있을 뿐, 더이상 거짓말로 사업을 할 생각은 없었다. 내가 생각하기에, 완전히 엉망진창이 되어버린 이 상황은 그의 조상에 대한 모욕이었다. 그토록 전설적인 이름을 가진다는 것은 나의 견해에 따르면, 스스로 어떤 의무들을 떠맡고 속임수의 명예로운 규칙 같은 것들을 엄격히 지켜나가도록 자신을 채찍질해야 하는 것을 의미했다. 하지만 테오도르 푸이즈는 그것을 태평스럽게 조롱했다. 그것은 아주 간단히 말해서 불명예스러운 태도였다. 그래서 나는 포기하지 않고 점점 더 횟수를 늘려가며 몇 주 동안 그 노인을 찾아갔다. 거짓말 주식회사에서 보낸 날들, 우리 제품들이 겪은 실패와 난관들, 경쟁사가 거둔 승리들, 그 모든 것 하나하나가 나의 결심을 더욱 확고히 해주었다. 나는 새로 나온 조립 모형들을 사들고 가서 다양한 방법으로 푸이즈

---

* 제2차 세계대전 때 독일 공군이 사용했던 전투기.

의 환심을 사려 애썼다. 그는 나에게 친밀감을 느꼈지만 내 뜻대로 쉽게 넘어오지는 않았다.

"이사회에서 회사의 경영 상태에 관한 완벽한 보고서를 육 개월에 한 번씩 나에게 보내주고 있네." 그는 그렇게 말하면서 자신을 정당화하기 위해 이십 페이지가량의 문서를 나에게 내밀었다. "이걸 하나하나 꼼꼼하게 읽어보진 않았지만 걱정할 정도로 심각한 문제는 전혀 없더군. 자네가 말도 안 되는 헛소리를 하고 있는 거야."

"그 수치들은 조작된 겁니다." 나는 보고서를 넘겨다보며 반격했다. "그들은 그런 엉터리 수치들로 당신을 속이면서 모든 게 순조롭다고 믿게 만들고 있는 거예요."

"자네는 매사를 부정적으로 보는군." 그가 어깨를 으쓱하면서 대꾸했다.

때때로 나는 그의 거짓말하는 버릇 때문에 돌아버릴 것 같았다. 그와 대화를 나누는 건 레르나의 히드라*와 싸우는 것이나 마찬가지였다. 그는 기회만 있으면 뻔뻔스럽게 거짓말을 했고 누가 봐도 명백한 증거들조차 부인했으며, 뭐든 가리지 않고 트집을 잡으며 억지소리를 했다. 가령, 내가 열 개의 단어로 이루어진 하나의 문장을 말하면, 그는 그 열 개의 단어를 하나하나 차례로 문제삼았다. 그래서 x번 말을 주고받으면 그가 꼬투리를 잡아 물고 늘어지는 단어들이 10^x개였다. 지옥처럼 끔찍한 일이었다. 나는 점차 비

---

* 그리스신화에서 헤라클레스가 죽였다는 머리가 아홉 개 달린 괴물.

관적이 되어갔다. 푸이즈는 거짓말 주식회사의 운명 따윈 안중에
도 없었고, 거짓말 주식회사는 하루가 다르게 곤두박질치고 있었
다. 지난 육 개월 동안의 경영 실적은 처참했다. 새로 출시한 제품
들의 실패는 그 여파가 엄청났다. 업무용 승용차의 푹신한 가죽 좌
석에 털썩 주저앉은 중역들은 곧 모든 게 좋아질 거라고 정색을 하
며 호언장담했다. 하지만 나는 그런 말에 속아 넘어갈 멍청이가 아
니었다.

그러던 어느 날, 기적이 일어났다. 내가 정말로 그의 마음에 다
시 불을 지피는 데 성공한 건지, 아니면 그가 그저 나를 기쁘게 해
주고 싶었던 건지 그건 알 수가 없다. 어쨌든 푸이즈가 미소를 지
으며 내가 결국 이겼다고 말한 건 분명한 사실이다.

"무슨 말씀을 하실 건가요?"

"내가 하는 말을 받아 적게."

나는 종이 한 장을 움켜쥐고 그의 말을 받아 적었다.

"친애하는 여러분, 줄 바꾸고, 몇 년 전부터 나는 여러분을 완전
히 믿고 회사의 경영권을 여러분에게 넘겨드렸습니다. 마침표."

"넘겨드렸습니다, 마침표." 나는 그의 말을 따라 하면서 받아 적
었다.

그가 소집하는 이번 회의는 마지막 기회였다. 그리고 의심의 여
지 없이 그것은 이 회사의 역사상 가장 위대한 순간들 중 하나였
다. 테오도르 푸이즈가 회사 중역들에게 보낸 편지는 거짓말 주식

회사 내 모든 이들을 충격에 빠뜨려 입을 다물지 못하게 했다. 보름 동안 모두들 그 노인이 죽지 않았다, 그가 경영에 복귀한다, 곧 대대적인 특단의 조치가 취해질 것이다, 라는 말만 떠들어댔다. 그리고 몇몇 중역들의 머리가 곧 잘릴 거라는 말도 떠돌았다. 직원들은 누가 살아남을지 서로 내기를 걸기도 하고, 해고당할 가능성이 가장 높은 중역들의 명단을 만들기도 했다. 그리고 은둔자처럼 살아가던 그가 다시 경영 일선으로 나서게 된 원인이 과연 무엇인지에 대해 온갖 추측들이 난무했다. 하지만 나는 아무 내색도 하지 않고 속으로만 쾌재를 부르고 있었다.

드디어 대망의 날이 왔다. 맨 꼭대기 층의 대회의실에 모인 중역 스물다섯 명의 일그러진 얼굴에는 불안이 역력했다. 손이 축축해지고 맥박이 걷잡을 수 없이 빠르게 뛰고 있는 그들은 웅성거림 속에서 서로를 안심시키려 애쓰고 있었다. 나는 반쯤 열린 문을 통해, 그들이 회장의 도착을 기다리면서 공포에 사로잡혀 있는 모습을 보았다. 회장이 에스컬레이터에서 내리고, 파키스탄인이 약 가방을 들고 그 뒤를 따라 내렸을 때, 나는 나의 영광의 순간을 만끽할 준비를 했다. 나는 아무런 예고도 없이 벌컥 회의실 문을 열었다. 경첩들이 삐걱거리는 소리를 냈다. 웅성거림이 한순간에 멈추고, 모든 시선이 푸이즈와 나에게 집중되었다. 임원진이 모두 자리에서 일어났다. 우리는 엄숙하게 입장했다. 그리고 나는 푸이즈가 테이블 끝의 안락의자에 앉는 것을 도왔다. 긴장이 절정에 달해 있었다.

"다시 만나 뵙게 되어 정말 기쁩니다, 회장님." 네 명의 마케팅

팀장 중 한 명인 폴랭이 먼저 입을 열었다.

"정말 반갑습니다." 제도화된 거짓말들을 총괄 지휘하는 르페브르가 재빨리 말을 이어받았다.

"아주 건강해 보이십니다." 기만 부서의 책임자인 시용이 뻔뻔하게 거짓말을 했다.

각자 자기 방식대로 위선적인 환영을 표했다. 푸이즈는 한마디 말도 없이 그들의 말을 모두 듣고, 목청을 가다듬기 위해 마른기침을 몇 번 한 후에야 마침내 입을 열었다. 그는 우선 모두에게 회의에 참석해줘서 고맙고 자신을 환영해줘서 더더욱 고맙다고 무뚝뚝한 어조로 말하고 나서, 자신이 이렇게 회사에 다시 나오게 된 이유를 설명하기 시작했다. 쩌렁쩌렁한 목소리로 반 시간이 넘게 연설을 하는 동안 그는 준비된 메모에는 눈길 한 번 주지 않고 거짓말 주식회사의 비관적인 상황을 대략적으로 설명한 후, 무능한 경영진을 싸잡아 비난했다. 내가 제공한 수치 자료들을 근거로 한 그의 비난은 준엄했다. 모두가 호되게 야단을 맞았다.

"어느 것 하나 제대로 돌아가는 게 없어, 완전히 엉망진창이야. 당신들 중 어느 한 사람도 창의적인 정신을 발휘하지 못했고, 미래를 내다보려 노력한 사람은 하나도 없어. 푸이즈 앤드 퐁텐 사는 이십 년 전부터 발전을 멈추고 시대에 뒤떨어진 방법으로 일해오고 있소. 얼마나 많은 고객들이 우리에게 실망하고 등을 돌렸지요? 당신들이 한가하게 여송연 연기 속에 잠겨 있는 동안, 도대체 얼마나 많은 거래처들이 당신들을 외면한 거요? 케케묵은 방법들,

구태의연한 경영 논리, 시대에 뒤떨어진 거짓말. 바로 이게 우리의 현주소요."

르페브르가 조심스럽게 반격하려 했지만, 푸이즈는 그가 입도 뻥끗하지 못하게 말을 이어나갔다.

"여러분, 이제 시대가 바뀌었어요, 그걸 모르겠소? 현대의 통신 수단들은 거짓말을 위한 거의 무한한 가능성을 열어주고 있어요. 새로운 테크놀로지들의 추이를 놓치지만 않는다면, 우리는 그동안 축적된 경험을 토대로 우리의 경쟁 상대들을 충분히 누를 수 있습니다. 엄청나게 다양한 분야들로 우리의 역량을 뻗어나갈 수 있어요. 우리는 상황에 과감하게 부딪치고, 칼을 휘둘러 장애물들을 제거하면서 정글을 개척해나가야 합니다. 감나무 밑에 앉아 감이 떨어지길 기다리듯 주문이 들어오기를 맥 놓고 기다리고만 있어서는 안 된다, 이 말입니다. 지금 여러분은 마치 무사안일한 공무원들처럼 일하고 있어요. 여러분 모두 아마 학교 선생을 했으면 아주 멋지게 성공했을 거요, 틀림없이. 아이디어, 당신들에게 부족한 건 바로 그거요."

"그렇지만 요 몇 년 사이에 큰 건을 몇 개 터뜨렸습니다." 사기 부서의 간부인 레이메가 말을 던졌다.

레이메는 푸이즈 앤드 퐁텐 사에서 가장 오래 근무한 직원 중 한 사람이었다. 그는 평생을 이 회사에서 일해왔다. 푸이즈는 그가 지난 수십 년 동안 이룬 업적을 존중해 그의 말을 자르지 않고 끝까지 귀를 기울였다. 레이메는 사기의 천재였다. 그는 그런 천부적 재능을 자신의 아버지로부터 물려받았는데, 그의 부친은 전쟁 기간 내내 마르세유의 한 레스토랑 뒷방에 숨어 지냈음에도 불구하고 자기가 온갖 영웅적인 레지스탕스 활동을 했다고 떠들어대며 죽을 때까지 주위 사람들을 감쪽같이 속여 넘긴 사람이었다. 이름이나 과거를 날조하는 데 있어서 단연 세계 최고인 레이메는 대여섯 개의 가짜 인생을 한 번도 혼동하지 않고 항상 동시에 이끌어나갔다. 그래서 거짓말 주식회사에서 사용하고 있는 여러 가명 중 하나가 그의 진짜 이름일 거라고 가정한다 해도, 그의 진짜 이름이 무엇인지 자신 있게 말할 수 있는 사람은 아무도 없었다. 그만이 내놓을 수 있는 현란한 사기술들은 냉전 기간 동안 정보기관들에 시리즈로 불티나게 팔려나갔다. 60년대 말 유럽에서 그의 도움을 받지 않은 스파이는 단 한 명도 없었다. 떠도는 소문에 의하면, 앨런 덜레스*조차도 "그 레이메라는 자는 감히 넘볼 수 없는 일인자다"라고 말했다고 한다. 나는 그를 찬미하고 존경했지만, 애석하게도 몇 년 전부터 그의 능력이 예전 같지 않다는 사실을 인정하지 않을 수 없었다. 베를린장벽이 무너진 이후로 그가 대규모 작전을 계획하는 것을 더는 볼 수 없었다. 이제 대부분의 직원들 눈에 그는, 점심시간마다 회사 경비로 엄청나게 푸짐하고 화려한 음식들을 게걸스럽게 먹어대고, 여비서들의 다리를 노골적으로 쳐다보면서 모욕감을 주는 것 말고는 아무 하는 일 없는 무가치한 존재로

---

* 아이젠하워가 임명한 미국 중앙정보국(CIA) 국장. 그의 취임 이후 CIA는 세계 최고의 정보기관으로 발전했다.

비쳤다. 푸이즈와 마주한 그는 전반적으로 실적이 떨어졌다는 사실은 인정하지만 그렇다고 그동안의 성공적인 결과물들을 간과하지는 말아달라고 간청했다.

"그건 사실입니다." 마케팅 부서의 코르네유가 끼어들며 말했다. "올 한 해만 하더라도, 우리 회사가 조작한 대기업들의 회계장부는 엄청납니다."

"그렇다니 매우 기쁘군요." 푸이즈가 받아쳤다. "하지만 분식회계*는 당신이 성적표를 고치던 시절에 내가 이미 써먹던 방법이라는 사실을 상기시켜드리지요. 이미 해오던 것들을 되풀이할 게 아니라, 새로운 영역들에 도전하고 정복하는 게 무엇보다 중요합니다. 게다가 일본인들은 우리보다 더 잘하고 있어요."

"그것도 더 싸게." 내가 덧붙였다.

"정복하라, 공격하라, 만들어내라, 금맥을 찾는 사람들처럼 탐사하고 개척하라. 비결은 없습니다, 여러분. 다른 해결책은 없어요."

나는 푸이즈가 팔을 흔들어대며 열변을 토하고, 청년 같은 혈기로 좌중을 휘어잡는 모습을 지켜보고 있었다. 그는 과연 감탄할 만한 사람이었다. 나는 그가 정열을 되찾는 모습을 보면서, 우리가 찬란한 부활을 향해 나아가고 있다는 것을 알 수 있었다.

"자, 보세요." 그가 말했다. "일례로, 우리 회사가 경륜 분야에서 자리를 잡았습니까?"

---

* 기업이 재정 상태나 경영 실적을 실제보다 좋게 보이기 위해 부당한 방법으로 자산이나 이익을 부풀려 계산하는 회계.

중역들이 서로의 얼굴을 쳐다보았다.

"자전거 경기 말입니까? 하지만 회장님, 그건 전통적으로 벨기에 사람들이 꽉 잡고 있는 분야입니다."

"벨기에인들? 그래서요? 그렇다고 그들의 능력에 감탄하면서 구경만 하고 앉아 있어야겠어요? 그 나라에는 약물을 복용한 챔피언들이 많습니다. 우리는 그들에게 프랑스 거짓말을 팔아야 해요. 최고급 품질의 푸이즈 앤드 퐁텐표 거짓말을 팔아먹어야 한다, 이 말입니다. 필요하다면 선수들의 경주복에다 광고를 하세요! 그리고 문학, 그쪽 분야는 어떻게 되었습니까?"

"문학이라니요?"

"맙소사! 당신은 서점 문을 밀고 들어가본 적이 한 번도 없소? 대부분의 작가는 거짓말하는 재능이 바닥나 이제는 진실밖에 이야기하지 못해요."

"진실!" 폴랭이 외쳤다. "정말 끔찍하군요!"

혐오감이 파도처럼 밀려와 모든 이의 얼굴에 번졌다.

"내 말이 그 말입니다. 그 시장은 어마어마합니다. 거의 무한대지요. 미국인들이 호시탐탐 기회를 엿보고 있지만, 우리는 그들을 앞지를 수 있습니다."

극도로 흥분한 푸이즈는 앞으로 개척해나갈 분야들을 수도 없이 내놓았다. 아이디어들이 꼬리를 물며 떠올랐다. 그리고 그는 놀라운 리더십을 발휘해, 심각한 경영 위기로 인해 잔뜩 주눅이 들어 있던 회의장의 분위기를 어느새 브레인스토밍의 장으로 변모

시키고 있었다. 그 외에 언급된 주제들 중에는 다음과 같은 것들이 있었다. 다시 떠오르고 있는 유대인 대학살 부정론, 제약 회사들의 결함 있는 약품들, 북한 및 프랑스 정치계의 각종 루머와 중상모략, 재벌들의 탈세, 보험 사기, 양갓집 규수들의 혼전 순결. 나는 회의에 참석한 사람들이 조금씩 활기를 되찾아가는 것을 확인할 수 있었다. 오랫동안 잠들어 있던 중역들의 뇌 속에서 거짓말과 고의적인 함구, 배신행위, 다단계 사기 행각, 조작과 허위, 표리부동한 태도, 때와 상황에 따라 요리조리 달라지는 번지르르한 언행 등의 녹슨 메커니즘들이 깨어나고 있었다. 그동안 안일한 부르주아처럼 변해버린 그들이 이제 내가 어린 시절 그토록 경탄해 마지않았던 그 놀라운 위선자들, 음흉하고 교활한 사기꾼들로 되돌아오고 있었다. 이제 그들은 그동안 회피해왔던 거짓말 전쟁에서 승리할 게 분명했다.

또한 푸이즈는 어떤 면에서 회사 브랜드의 전도사가 될 수도 있는 몇몇 스타들을 이용할 필요성에 대해서도 강조했다. 푸이즈 앤드 퐁텐 사는 자사의 이름을 유명한 사건들이나 매스컴의 사회면 기사들의 제목과 연계시킬 필요가 있었다. 그런 식의 광고가 포스터 광고보다 훨씬 더 효과적이라고 장담할 수 있었다.

"나는 엘리자베트 콩부불*에게 최고급 신제품들을 팔았습니다."

---

* 청부 살인업자를 고용해 자신의 사위를 살해했다고 알려져 있다. 부인과의 이혼 소송 와중에 장모가 자기 아들을 못 만나게 하자 변호사였던 사위는 장모의 뒷조사를 실시한다. 그 결과 직업을 포함, 여러 가지 거짓말이 드러난다.

레이메가 말했다.

"축하합니다. 장클로드 로망*한테도 팔았나요?"

"아쉽게도 그렇지 않습니다……"

한 달도 채 안 되어서 푸이즈와 나는 창립 이래 한 번도 시도해 본 적이 없는 대규모 재건 계획을 세웠다. 모든 것을 치밀하게 검토하고 전면적인 구조조정 작업에 들어갔다. 우리는 작업 방식들을 바꾸고, 쓸데없는 지출을 없애고, 무사안일주의에 빠져 있는 게으르고 무능력한 직원들을 과감하게 해고했다. 강력한 임금 삭감도 실시되었다. 특히 터무니없는 고액 연봉을 받고 있는 간부들을 대상으로 임금 삭감이 단행되었다. 나는 푸이즈에게 새로운 컴퓨터 시스템에 투자할 것과 사옥 내에 몇 가지 손봐야 할 사항들을 건의했다. 놀랍게도, 그는 내가 생각했던 것보다 훨씬 더 과단성 있게 일을 처리해나갔다. 오래된 대형 건물에 냉난방 및 유지 관리를 하려면 엄청난 돈이 들어가 밑 빠진 독에 물을 붓는 격이었다. 게다가 페인트칠은 허물 벗듯 벗겨져나가고 있었고, 배관들은 녹이 슬어 있었으며, 벽들엔 금이 가 있었고, 카펫들은 혐오감을 불러일으킬 정도로 더러웠다. 그 건물이 푸이즈 삼대가 거짓말을 하는 것을 계속 지켜본 오랜 역사의 현장이었음에도 불구하고, 테오도르 푸이즈는 과감하게 그 건물을 처분하고 외곽 지역의 현대식 건물로

* 오랜 세월 의사 행세를 하며 위장된 삶을 살다가 정체가 발각되려 하자, 1993년 아내와 자식, 부모를 모두 살해했다.

사옥을 이전하기로 결정했다. 나는 어안이 벙벙했다. 건물 물색 작업에 직접 나선 그는 라데팡스 구역에 전면 유리를 끼운 사천 제곱미터 넓이의 건물을 찾아냈다. 삼 개월이 채 안 되어 계약이 성사되고 전격적으로 이사가 실시되었다.

그러한 일련의 대변혁은 거짓말 주식회사 내에서 거센 반대에 부딪혔지만 변혁의 효과는 곧 나타났다. 구닥다리 방식으로 힘을 못 쓰던 세계적인 거짓말 기업 푸이즈 앤드 퐁텐 사는 기력을 회복하기 시작했다. 나는 지금부터 일 년 후에는 사람들이 지구 곳곳에서 다시 프랑스식으로 거짓말을 하게 될 거라고 생각하며 뿌듯한 기분을 느끼고 있었다. 바로 그때 푸이즈가 또다른 패를 내놓았다.

그가 미야자와 다케시를 사장으로 임명하겠다고 발표했을 때 그 충격은 어마어마했다. 겨우 마흔 살이 될까 말까 한 엉뚱하고 재기발랄한 그 일본인은 상업적 거짓말계의 '무서운 아이'이자 일반 대중의 아이돌이었다. 해괴망측한 분위기, 예측을 불허하는 섹스 스캔들, 그리고 패션계와 쇼 비즈니스계에 규칙적으로 드나드는 그의 행보는 유서 깊은 푸이즈 앤드 퐁텐 사의 클래식하면서도 부르주아적인 이미지와는 거리가 멀어도 한참 멀었다. 푸이즈는 엄청난 위험을 감수하면서 터무니없는 계약 조건으로 영국의 한 회사에서 근무하고 있던 그를 빼내왔다. 신임 사장의 이상야릇한 기질이나 행동이 약간 불안하긴 했지만, 그럼에도 나는 그를 전적으로 믿었다. 예를 들어, 미야자와는 회사에 출근한 첫날 건물 꼭대기층을 통째로 사용하게 해달라고 요구했다. 그는 그 층에다 소파침대와 다양한 악기들을 갖다놓았다. 영감을 떠올리려면 그런 것들이 반드시 필요하다나. 그는 또한 어마어마한 분재 컬렉션을 갖다놓고, 삼백 제곱미터의 사무실을 이국적인 작은 벌레들이 노니는 조그마한 원시림으로 만들어놓았다. 게다가 걸핏하면 그곳에서 잠을 자지 않나, 툭하면 영어로 말을 하지 않나, 레알 마드리드 팀의 축구선수조차 창피해서 안색이 창백해질 만큼 엄청난 연봉을 받는다는 사실까지 추가한다면, 그가 많은 직원들에게 불안감을 불러일으키는 이유를 가히 짐작하고도 남았다. 그런데 그의 비범한 재능은 사람들이 그에게서 기대한 기적들을 지체 없이 낳기 시작했다. 거짓말은 미야자와에게 있어서 고차원적인 예술에 해당했고, 거짓말하기 좋아하는 버릇은 지상의 존재를 고찰하기 위한 거의 종교적인 수단에 해당했다. 미야자와는 마치 숨을 쉬듯 거짓말을 했다. 아니, 그의 지병인 천식을 고려한다면, 숨 쉬는 것보다 더 쉽게 거짓말을 했다고 해도 좋을 것이다. 어떤 상황에서든지 그는 극도로 복잡하게 뒤얽힌 미궁 같은 거대한 환상의 궁전을 아무런 준비도 없이 단번에 만들어낼 수 있었다. 신기에 가까운 그의 후각은 거짓말을 무궁무진하게 소비하는 분야들, 그래서 성장 가능성이 아주 높은 분야들 쪽으로 그를 자연스럽게 이끌었다. 당대의 관심사를 즉각적으로 파악해 남들보다 한발 앞서 이용하는 그의 순발력에 감탄하지 않을 수 없었다. 사람들은 그의 독특한 스타일과 경영 방법들에 아연실색하기도 했지만 그의 능력만큼은 부인할 수 없었다. 미야자와의 천재적인 지휘와 테오도르 푸이즈의 전폭적인

지지 아래 푸이즈 앤드 퐁텐 사는 과거의 영광을 되찾아가고 있었다. "사람들은 자기 인생보다 남의 인생을 더 많이 산다"라고 바르베 도르비이*는 썼다. 거짓말 주식회사는 수만 명의 사람들이 남의 인생을 살도록 도왔고, 앞으로도 수백만 명의 사람들을 도울 터였다. 그렇게 몇 달이 흘렀다. 푸이즈는 회사의 총 매출액이 단 일 년 만에 백삼십 퍼센트 증가했다고 알렸다. 그리고 한 바구니에 여러 달걀을 담아놓아서는 안 된다는 것을 잘 알기에, 우리는 최근 세계 최초의 뒷거래 주식회사를 설립했다. 이 회사는 즉각적인 성공을 거두었다. 푸이즈 앤드 퐁텐 사는 혁신하고, 정복하고, 공격하고, 발명한다. 우리는 도처에 있으며, 세계는 우리 것이다. 당신들도 언젠가 반드시 우리에게 도움을 청할 것이다. 우리는 언제든 당신들을 환영할 것이다.

---

* 19세기 프랑스의 소설가, 문학 평론가.

가게들(아홉 편의 짧은 이야기)

COMMERCES(NEUF HISTOIRES BRÈVES)

그걸 살 수 있는 유일한 손님

그 사내의 시선 속에는 내가 그의 입장이었을 때 나를 사로잡았던 것과 비슷한 미칠 듯한 소유욕이 꿈틀거리고 있다. 그도 나처럼 모르겐스테른 보석 가게가 있는 거리를 우연히 지나가다가 그 비밀스러운 상점에 진열된 몇몇 보석들을 보게 되었다. 그리고 가격도 모르면서 다짜고짜 가게 안으로 들어가 이 가게에서 가장 아름다운 보석을 사고 싶다고 말했다. 하지만 가게 주인은 눈도 꿈쩍하지 않고, 그건 어떤 한 손님에게만 팔 수 있다고 딱 잘라 말했다. 그 사내는 자기가 결코 그 보석을 살 수 없을 거라는 생각에 엄청난 질투심을 느꼈다. 모르겐스테른 보석 가게의 손에 넣을 수 없는 보석들은 그가 이성을 잃어버릴 정도로까지 그의 마음을 사로잡았다. 세월이 흘렀다. 하지만 그도 결코 단념하지 않았다. 이제 곧 그는 자신의 꿈을 손에 넣지 못하게 방해하는 장애물을 제거하고 말 것이다. 나는 그가 나의 정체를 어떻게 찾아냈는지 모른다. 나는 독을 선택했었지만, 그는 권총을 선택했다.

40년대처럼

그 가게 진열창에는 뭔가 구시대의 유물 같은 분위기가 있었다. 가게 안으로 들어간 나는 내놓은 게 별로 없는 초라한 진열대를 발견했다. 고기 몇 덩이와 도제 용기에 담긴 채 한쪽 귀퉁이가 뭉텅 잘려나간 돼지고기 파테. 진열대의 공간들은 대부분 텅 비어 있었다. 닭고기를 끈으로 묶느라 여념이 없던 정육점 주인이 거의 의심하는 듯한 차가운 눈길을 나에게 던졌다. 나는 아무것도 사지 않고 그 가게를 나왔다. 그리고 호기심에 이끌려 며칠 후에 다시 그곳을 찾아갔다. 진열되어 있는 게 여전히 얼마 되지 않았다. 나는 이상하다는 생각이 들어 정육점 주인에게 왜 이렇게 내놓은 것이 없느냐고 물었다. 그가 어안이 벙벙해진 얼굴로 외쳤다. "이 양반아, **지금은 전쟁중이잖아!**" 나는 그가 농담을 하는 건지 아니면 그가 정말로 다른 시대에 살고 있는 건지 알 수가 없었다.

습관

그 외딴 마을에는 빵집이 딱 하나밖에 없었는데, 빵집 주인은 매일 밤 빵을 딱 한 개만 만들었다. 빽빽하게 모여든 사람들은 정확히 오전 일곱시에 그 상점의 문이 열리기만을 기다렸다. 셔터가 올라가면, 엄청난 소동이 시작되었다. 제일 먼저 좁은 출입구를 통과한 손님이 금값이나 다름없는 가격을 지불하고 빵을 들고 나왔다. 그러고 나면 그 빵집의 셔터는 이튿날까지 다시 내려져 있었다. 그 광경을 여러 번 목격한 후, 나는 그 마을에 빵집을 차리기로 마음먹었다. 나는 오전 여섯시에 문을 열었다. 내가 만든 고소한 빵 냄새가 온 사방으로 퍼져나갔다. 하지만 나는 그 멍청한 마을 사람들에게 빵을 단 한 개도 팔지 못했다. 그들은 내 가게 진열창을 쳐다보지도 않고 지나쳐, 내 경쟁자의 진열창 앞에서 북적거리며 서로 다투었다. 석 달 후에 나는 가게 문을 닫았다. 도대체 왜 이런 일이 일어났는지 전혀 이해하지 못한 채.

모든 것을 다 읽은 남자

"내가 모르는 소설을 주시오." 그는 날마다 내 서점 안으로 들어와 그렇게 말했다. 몇 달 전부터 나는 진열대와 서가에서 그 남자가 바로 내용을 줄줄 읊어댈 수 없는 책을 찾아내려 애썼지만 한 번도 성공하지 못했다. 그는 자신의 모국어로 쓰인 소설은 **모조리** 다 읽었다고 주장했다. 처음에 나는 그건 있을 수 없는 일이라고 생각했다. 하지만 잘 알려지지 않은 책이건 최신작이건 간에 그에게 소설을 내놓을 때마다 매번 그의 얼굴은 어두워졌다. "벌써 읽었소." 그는 퉁명스레 말하고 나서 그걸 증명해 보였다. 그것은 일종의 게임인 동시에 탐색이었다. 나는 그의 도전에 즐겁게 응했고, 실망한 그는 다시 나에게 도전했다. 그러던 어느 날 나는 내가 이길 수밖에 없는 묘책을 생각해냈다. 나는 줄거리를 내 마음대로 지어내 서둘러 책을 한 권 써냈다. 내가 그 작품을 그에게 보여주었을 때, 그는 관대함과 실망감이 뒤섞인 미소를 지으며 말했다. "벌써 읽었소." 그는 그렇게 말하고 나서 그 이야기의 결말을 정확하게 묘사했다. 그에게 초능력이 있다고 확신한 나는 그와의 게임을 포기했다.

안전한 여행

창구 직원은 나에게 어떤 좌석을 원하느냐—일등석이냐 이등석이냐, 흡연석이냐 비흡연석이냐—고 묻고 난 후, 내가 사고를 당하고 싶은지 어떤지 알고 싶어했다. 처음에 나는 그가 농담을 하는 거라고 생각했고, 그래서 사고를 당하고 싶지 않다고 장난삼아 대답했다. 그러자 그는 아홉시 기차를 타지 말고 좀더 기다렸다가 열시 기차를 타라고 조언해주었다. 나는 허비할 시간이 없었지만 그의 조언을 받아들였다. 나중에 나는 아홉시 기차가 종착역을 몇

킬로미터 앞둔 지점에서 탈선해 세 명의 승객이 부상을 당했다는 사실을 알게 되었다. 그 이후로 나는 그 창구 직원이 아닌 다른 직원한테서는 절대로 기차표를 사지 않았다.

터줏대감

택시 문을 열자 뒷좌석에는 이미 오십 대의 남자가 앉아 있었다. 어디로 갈 거냐고 묻는 운전사에게 나는 먼저 탄 손님부터 목적지까지 안전하게 모셔다드리라고 대답했다. "저 사람은 신경쓰지 않아도 됩니다." 운전사는 그 남자를 경멸한다는 듯이 입을 삐죽거리면서 불만스럽게 말했다. 남자는 말없이 차창 밖을 내다보고 있었고, 우리의 대화에는 전혀 관심이 없는 듯했다. 그래서 나는 나의 목적지를 말하고 택시에 탔다. 운전사가 차도로 진입했다. 목적지에 도착했을 때, 나는 택시미터기가 두 대나 달려 있는 것을 알아차리고 깜짝 놀랐다. "손님 요금은 여기 이겁니다." 그가 위쪽 미터기를 가리키면서 나에게 말했다. 그러고 나서 천문학적인 요금이 찍혀 있는 아래쪽 미터기를 보여주면서 덧붙였다. "그리고 이쪽 건, 만일 손님이 이 사람처럼 2년하고도 60일 8시간 25분 동안 계속 이 택시를 타고 다닐 경우에 내셔야 할 요금이지요." 그러자 그 남자가 고개를 돌리더니 내가 영원히 잊지 못할 미소를 지어 보였다.

그게 그거

 미술관 기념품 가게에서는 전시회에서 가장 인기 있는 클라이네비치의 걸작 〈회색 바탕 위의 회색〉의 복제품을 판매하고 있었다. 나는 그 그림에 감동했고, 그래서 복제품을 구입하기로 했다. 그런데 판매인이 터무니없는 가격을 요구했다. "클라이네비치의 작품치고 이건 절대 비싼 게 아닙니다." 그는 은근한 목소리로 그렇게 덧붙였다. 그러고는 〈회색 바탕 위의 회색〉의 복제품들은 재능이 뛰어난 복제 전문가가 손으로 직접 그린 것들로, 진품과 완전히 똑같아서 만일 진품과 복제품들을 뒤섞어놓는다면 어느 게 진짜이고 어느 게 가짜인지 구분할 수 없을 거라고 말했다. 그런데 불행하게도 그런 일이 정말로 일어났다. 전시실들을 새로 정비하면서 어떤 멍청한 인간이 그 그림을 복제품들과 뒤섞어놓은 것이다. 내로라하는 최고의 전문가들이 거기서 원작을 찾아내는 데 실패하자, 관장은 그 〈회색 바탕 위의 회색〉들 중 아무거나 한 점 골라 전시하고 나머지 작품들은 기념품 가게에 내놓고 판매하기로 결정했다. "진짜 클라이네비치는 아마도 이 미술관 안에 있을 겁니다. 진품과 구분이 안 가는 이십여 점의 복제품들 가운데 숨겨져 있을 거예요. 그러니 이 작품들의 가격이 비싼 게 당연하지요. 적어도," 그는 잠시 뜸을 들인 후 다시 말을 이었다. "그게 이미 팔려서 자기가 엄청난 행운의 주인공이라는 사실을 모르는 어느 일본인의 거실에 걸려 있지 않는 한은."

총과 꽃

"저 두 사람은 삼 년 전에 만났답니다." 옆에 있던 남자가 눈앞의 부부를 조심스럽게 가리키면서 나에게 말했다. "처음 본 순간 서로 한눈에 반해 육 개월 만에 결혼을 했지요. 저렇게 사이좋은 부부는 내 평생 본 적이 없어요. 말 그대로 바늘과 실처럼 항상 붙어 다닌답니다. 천생연분이란 바로 저들을 두고 하는 말 같아요. 원래 두 사람은 아주 멀리 떨어진 동네에서 각자 가게를 운영하고 있었지요. 일을 하는 동안 서로 보고 싶어 견딜 수가 없었지만, 그렇다고 둘 중 누구도 가게를 포기할 생각은 없었죠. 그래서 가게를 새로 하나 얻어 한 가게 안에서 각자 자신들의 일을 계속하게 되었답니다." 그는 몇 초 동안 침묵을 지키고 있다가 말을 이었다. "그런데 정말 놀라운 건, 한데 합친 가게에서 그들이 각자 파는 물건들이에요. 여자는 꽃을 팔고, 남자는 총을 파니까요. 그래서 그때부터 소총들이 진달래에 둘러싸이고, 장미는 권총들에 둘러싸이게 되었죠. 씨앗 봉지들 가운데 탄약상자들이 놓여 있고, 총 진열대 앞에 화분들이 놓여 있어요. 정말 신기한 일이죠." 그 얘기를 듣고 생각에 잠겨 있던 나는 그 총기 상인이 자신의 동반자에게 가볍게 입을 맞추는 것을 보았다. 그녀는 행복에 겨운 여자처럼 미소를 지었다.

거울 궁전

'거울'이라는 간판이 보였다. 안으로 들어선 순간 눈이 부셨다. 곳곳에 거울들이 있었다. 바닥에, 벽에, 천장에. 평범한 거울, 일그러지는 거울, 둥근 거울, 정사각형 거울, 직사각형 거울. 거울들에 비친 내 모습이 빛을 발하는 놀라운 기하학적 도형 안에서 이리저리 왔다갔다하고 있었다. 나는 그 크리스털 미궁 속을 천천히 거닐었다. 그때, 어느 키 작은 남자의 모습이 맞은편 거울 속에 나타났다. 나는 재빨리 뒤를 돌아보았다. 하지만 한없이 확대된 내 모습밖에 보이지 않았다. "도와드릴까요?" 그가 물었다. "거울을 하나 사려고 하는데요." 나는 얼이 빠진 채 대답했다. "골라보세요." 나는 되는대로 하나를 가리켰다. 작은 남자가 그 거울에 나타나더니, 나에게 오른쪽 아래 귀퉁이를 눈짓으로 가리켜 보였다. "가격은 거기에 표시되어 있습니다." 정말 믿을 수 없을 정도로 놀라웠다. 그는 수없이 많은 거울의 복잡한 반사광들을 자유자재로 다루면서, 어떤 거울에건 마음대로 자기 모습을 비출 수 있었다. 나는 내가 고른 거울을 들고 계산대 쪽으로 걸어갔다. 그의 모습이 이거울에서 저 거울로 건너뛰면서 나를 따라왔다. 나는 그가 내 앞에

있는지 내 뒤에 있는지, 내 오른쪽에 있는지 내 왼쪽에 있는지 한순
간도 알 수 없었다. 나는 계산대 위에 돈을 올려놓고 밖으로 나왔
다. 그때 일을 떠올릴 때마다, 나는 그가 실제로 존재했던 사람인
지 아니면 자신이 파는 거울들 속에만 있던 사람인지 궁금해진다.

'마타로아' 호의 밀항자

LE CLANDESTIN DU 'MATAROA'

오늘 아침 눈을 떴을 때, 나는 불안정하게 흔들리는 아주 좁은 독방 안에서 군용 침대 비슷한 것 위에 누워 있었다. 전날 밤에 술을 진탕 마신 것처럼 머리가 깨질 듯이 아팠다. 그리고 내가 왜 이런 곳에 누워 있는 건지도 도무지 생각나지 않았다. 나는 주변을 둘러보았다. 동그랗게 생긴 창을 통해 어두운 방 안으로 빛이 들어오고 있었다. 나는 추위에 떨면서 침대에서 일어나 창 너머로 눈길을 던졌다. 그리고 놀랍도록 선명한 푸른색 바다를 발견하고 멍해졌다. 내가 배 위에서 뭘 하고 있는 거지? 꿈을 꾸고 있는 게 아닌지 확인하기 위해 나는 재빨리 내 뺨을 때려보았다. 공포에 사로잡힌 나는 문으로 달려들어 손잡이를 힘껏 비틀며 열어보려 했다. 하지만 불행하게도 문은 열릴 생각을 하지 않았다. 도대체 누가 나를 이곳으로 데려왔을까? 왜? 나를 가둬둔 것일까? 이건 말도 안 되는 얘기였다. 나는 문에다 힘껏 발길질을 해대면서 살려달라고 고함을 질렀다. 나의 소란스러운 행동이 누군가의 주의를 환기시킨 게 틀림없었다. 곧 자물쇠가 돌아갔으니까. 삐걱거리는 소리를 내면서 문이 열리고, 나는 코앞에서 어떤 젊은 남자를 맞닥뜨렸다. 그 남자는 나를 보더니 마치 유령을 본 것처럼 깜짝 놀랐다. 만일 그처럼 간이 콩알만 한 사람을 나의 간수라고 문 앞에 세워놓은 거라면, 그들은 나를 과소평가한 거였다. 나는 그에게 내가 왜 여기 있는 거냐고 물었다. 그가 독일어를 알아듣지 못하는 것 같아서 나는 영어로 같은 질문을 되풀이했다. 하지만 역시 허사였다. 그는 알 수 없는 언어로 나에게 뭐라고 말하더니, 우리가 서로의 말을 알아듣지 못한다는 사실을 알아차리고 자기를 따라오라는 몸짓을 했다. 그 정체 모를 낡아빠진 배의 미로 같은 통로들에서 나에게 일어난 일들은 다음과 같다. 우리는 도중에 다른 젊은이들과 마주쳤다. 그들은 하나같이 아주 야릇한 표정으로 나를 유심히 살펴보았다. 나는 동물원의 구경거리가 된 것 같은 기분이 들었고, 그래서 몹시 불쾌했다. 아주 좁은 두 개의 계단을 올라간 후에, 우리는 갑판 위에 다다랐다. 나의 안내인은 거기서 자기 친구들 몇몇을 다시 만났다. 그는 그들과 간단한 대화를 나누었다. 나는 그 대화에 주의 깊게 귀를 기울이면서 그들이 사용하는 말이 그리스어인 것 같다는 생각을 했다. 모두가 나를 뚫어지게 쳐다보았다. 마치 수염 기른 남자를 난생처음 보는 것처럼.

"내가 왜 여기 있는 건지 누가 설명을 좀 해주시겠습니까?"

대머리에 키가 작은 젊은 남자가 내 질문을 알아들은 것 같았다. 그가 앞으로 나왔다. 그는 정확한 독일어이긴 하지만 끔찍한 억양으로 현재 이 배는 이탈리아를 향해 가는 중이라고 설명했다. 이 배는 어젯밤, 그러니까 12월 22일 밤에 그리스의 피레우스 항구에서 출발했다. 나는 혼란스러웠다. 런던에 있는 내 집에서 어느 봄날 밤에 잠을 자고 있었는데, 다음날 아침에 눈을 떠보니 크리스마스 축제를 즐기고 있는 그리스인들과 함께 지중해 한가운데 떠 있다니. 터무니없고 불가능한 일이었다. 악몽. 아니면 조작된 장난. 어쩌면 장난꾸러기 프리드리히*가 꾸민 연극인지도 몰랐다. 내가 대머리에게 당신이 뭘 하는 사람인지 알고 싶다고 하자, 자기는 파리로 유학을 가는 학생이며 그곳에서 논문을 쓸 것이고, 자기 친구들도 대부분 그렇다고 대답했다. 그것도 철학 논문을. 그래서 나도 젊은 시절 철학에 아주 관심이 많았고, 책도 몇 권 썼다고 말했다.

"그렇다면 성함이, 어떻게 되시죠?" 그가 물었다.

"마르크스."

"뭐라고요?"

"마르크스. 카를 마르크스요."

그들은 서로 얼굴을 쳐다보더니 일제히 웃음을 터뜨렸다. 그들이 즐겁게 웃는 모습을 보고 있으니 나도 기분이 좋아졌지만, 그들

---

* 프리드리히 엥겔스를 가리킨다.

이 왜 그렇게 웃는 건지는 알 수 없었다. 내 이름은 웃음을 자아낼 만한 구석이 전혀 없었고, 그래서 그들의 그런 반응이 왠지 모욕적으로 느껴졌다. 마침내 잠잠해진 그들이 자신들을 소개했다.

"당신이 카를 마르크스라 이거죠, 예, 좋습니다. 그렇다면 내 이름은 레닌입니다. 여기 이 사람은 그람시, 이 젊은 여성은 로자 룩셈부르크, 이 청년은 레온 트로츠키고, 저기 저 사람은 루돌프 힐퍼딩이에요."

"저분은 독일 사람인가요?"

대머리가 나를 뚫어져라 노려보더니 도저히 못 참겠다는 듯 다시 웃음보를 터뜨렸다. 그리고 이어서 그 패거리 전체가 그와 함께 배꼽이 빠져라 웃어댔다. 내가 바다 위에 떠다니는 정신병원 같은 곳에 와 있는 것일까? 그들이 나에게 알려준 이름들은 그다지 그리스 이름들 같지 않았다. 나는 그들이 나를 놀려대고 있다는 것을 대략 알아차렸다. 데모크리토스 이후로 아테네의 수준은 현저하게 낮아졌다. 바로 그때 그들 중 한 명이 나에게 영어로 물었다. 어떻게 그와 그렇게 닮을 수 있느냐고.

"누굴 닮았다는 건지?"

"카를 마르크스 말이에요."

"내가 **바로** 카를 마르크스라고 말했잖소!"

그는 마치 어린아이에게 하듯 나에게 미소를 지어 보이고는 아주 우스꽝스러운 가성을 내면서 말했다.

"당신이 진짜 카를 마르크스라고요? 그거 참 놀라운 일이군요!

당신은 육십 몇 년 전에 런던의 하이게이트 묘지에 묻힌 줄 알았는데!"

그 말에 모두가 낄낄대기 시작했다. 나로서는, 그게 그렇게 웃을 일 같지 않았다. 나는 점점 더 상갑판의 난간 아래로 뛰어내리고 싶어졌다.

"이봐요," 내가 말했다. "내가 왜 여기 있는 건지 모르겠군요. 그리고 난 이탈리아로 가고 싶은 마음이 조금도 없어요. 만일 이게 장난이라면, 이제 충분해요. 다시 한번 말하지만, 난 카를 마르크스요, 당신들이 웃건 말건 간에."

그들은 더 시끌벅적하게 웃고 나서, 나에게 『자본론』을 현재 어디까지 썼는지 물었다. 나는 그들이 내 연구 내용을 훤히 알고 있는 것에 놀라면서, 제3권의 초고를 쓰는 중이라고 다소 자랑스럽게 말했다. 그들의 표정에 호기심이 가득했기 때문에 나는 그 내용을 간단히 요약해서 들려주고, 내가 최근에 생각하고 있는 내용들을 적용시켜가면서 『자본론』의 전반적인 개요를 설명해주었다. 아연실색한 침묵이 그 자리에 모인 사람들을 내리눌렀다.

"진짜 마르크스가 이야기하는 것 같군." 대머리 젊은이가 그렇게 말하고 나서 덧붙였다. "하지만 이 사람은 도대체 누구지?"

그 배에 타고 있던 그리스인들이 모두 몰려들어 나를 빙 둘러쌌다. 모두들 나에게 질문을 퍼붓고, 마치 천재 아이의 말을 들은 듯 감탄을 금하지 못했다.

"정말 놀라워." 검은 턱수염을 기른 젊은이가 말했다. "당신은 그와 쌍둥이 형제처럼 닮았을 뿐만 아니라, 그의 저서까지 훤히 꿰고 있군요."

나는 더이상 내가 **진짜** 카를 마르크스라고 애써 주장하지 않았다. 그럼에도 불구하고 몇 분 뒤에, 나와 대화를 나누던 사람들 중 몇몇의 의심이 수그러들었다. 대부분의 사람이 이제 더이상 나를 조롱하지 않는 사람들을 향해 드러내놓고 비웃는 표정을 짓고 있었지만, 맨 앞쪽의 몇 사람은 금방이라도 내 말에 수긍할 것 같아 보였다. 내가 오십번째인가 백번째인가의 질문에 답했을 때, 그들은 무릎을 꿇으며 떨리는 목소리로 이렇게 외쳤다.

"바로 그분이야! 카를 마르크스! 변증법적 사상가가 돌아왔다!"

그리고 그들은 마치 우상을 섬기듯 내 발아래 엎드렸다. 너무나 우스꽝스러웠던지라, 나는 난처해하면서 그들의 행동을 제지했다. 또다른 이들이 그들을 따라했다. 순식간에 서른 명쯤으로 불어난 그들은 마치 내가 부활한 그리스도라도 되는 양 내 발에 입을 맞추려고까지 했다.

"사회주의에 대해 말씀해주십시오!" 그들이 외쳤다. "어떻게 해야 혁명을 이끌 수 있는지 말씀해주십시오! 토지 문제를 어떻게 해결해야 하는지도요! 유물론에 대해 이야기해주십시오!"

그러자 불안이 나를 사로잡았다. 그들이 나를 그토록 숭배하는 것이 기분 나쁘지는 않았지만, 그건 정말 터무니없는 일이었다. 나는 젊은 대머리에게 불안한 시선을 던지고는 가서 선장을 찾아 데려와달라고 간청했다. 그가 고개를 끄덕이더니 사라졌다. 나는 히스테릭하게 몰려드는 나의 신봉자들을 제지하기 위해 최선을 다했다. 이윽고 대머리 청년이 엄청나게 굵은 허리에 멋진 장식 줄을 두른 남자를 데리고 돌아오는 것을 보고 나는 안도의 한숨을 내쉬었다.

"무슨 일인가?" 그가 완벽한 영어로 고함치듯 물었다.

"선장님, 이분은 마르크스 선생님이십니다!" 젊은 그리스인들이 나를 손가락으로 가리키며 외쳤다.

선장은 의심스러운 눈빛으로 나를 뚫어져라 쳐다보고 나서, 나의 신분을 밝혀달라고 부탁했다. 내가 이름을 말하자, 그는 나에게 수염 때문에 사람들의 놀림감이 될 수도 있다면서 수염을 밀어버리라고 충고했다.

"직업은?"

"철학자입니다."

"출생 연도와 태어난 곳은?"

"1818년, 트리어."

"날 놀리는 거요?"

"전혀 아닙니다."

"그렇다면 당신은 지금 백스물일곱 살이겠군요." 그는 영국인 특유의 감탄할 만한 침착함을 유지하면서 말했다.

"뭐라고 하셨죠?"

그는 지금이 1945년이라고 설명했다. 정확하게 12월 23일. 그 말을 듣자 현기증이 일었다. 내가 1922년 벨파스트에서 '마타로아'라고 명명된, 선체 길이 500피트*에 디젤엔진을 장착한 항속 15노트**의 배를 타고 있다는 사실을 알았을 때는 훨씬 더 심하게 어지러웠다. 이 배는 처음에 사우샘프턴과 웰링턴을 오가는 정기선으로 운용되다가, 전쟁이 발발하자 군대 수송선으로 징발되었다고 했다.

"어떤 전쟁 말인가요?"

그들이 그날 '마타로아' 호 갑판 위에서 들려준 이야기들을 나는 결코 잊을 수가 없었다. 비록 그 후로 그것에 관해서는 어느 누구에게도 입도 뻥긋하지 않았지만. 그것은 악몽이나 다름없었다. 그들의 말에 의하면, 1864년에 내가 창설한 '국제노동자협회'는 오래전부터 쇠락했다. 그리고 다른 두 사람***이 그 뒤를 이었다. 러시아에서는 내 이론으로 무장한 열혈 혁명가들이 사회주의 국가를 건설하기 위해 차르를 암살했다.

"**러시아**에서 혁명이? 그건 있을 수 없는 일입니다. 혁명은 자본주의 국가에서만 가능합니다!"

"물론, 모든 게 당신이 예견한 그대로 일어나지는 않았어요."

---

* 약 153미터.

** 약 시속 28킬로미터.

*** 엥겔스와 레닌을 가리킨다. 1876년에 사회주의적 국제노동기구인 '국제노동자협회'가 해산되고, 13년 만인 1889년 엥겔스의 주도로 '국제사회주의자회의'가 창설된다. 1914년 제1차 세계대전의 발발과 더불어 조직이 사실상 붕괴되고, 러시아혁명 성공 후인 1919년 레닌의 제창으로 '공산주의인터내셔널'이 창설된다.

분명히 천재적인 사상가들이 내 책들에 주석이나 주해를 달았었다. 그들은 러시아 같은 비산업화 국가에서 사회주의가 실현될 가능성을 정당화하고 있을 뿐만 아니라, 혁명이 세계적으로 번지지 않고 **오직** 러시아 내에서만 일어날 수 있다고 주장하고 있었다. 그건 완전히 터무니없는 오해였다. 러시아인들 역시 그 이론에 대해 명확히 알지 못했고, 그래서 혁명 지도자들은 무엇이 진정한 마르크스주의인지를 두고 다툼을 벌이다 분열되었다. 그와 동시에, 1930년경 엄청난 경제 위기가 자본주의 사회 내부에서 터졌고, 그것은 곧바로 잔혹한 전쟁으로 이어져 5년 가까이 지속되었다. 그리스는 그 전쟁으로 큰 피해를 입었고, 유럽의 다른 국가들도 마찬가지였다. 독일은 유대인들을 몰살하고 세계를 정복하려 했던 한 정신병자의 손에 놀아났다. 나는 경악했다.

"독일놈들! 이론이라면 사족을 못 쓰는 인간들!"

나는 더이상 참을 수가 없었고, 그래서 미래에서 온 사자들에게 그 끔찍한 보고를 당장 그만둬달라고 간청했다. 끔찍한 이야기들 때문에 말할 수 없는 고통을 느낀 나는 선장에게 잠시 누워서 쉬고 싶다고 말했다. 선장은 내 부탁을 받아들이면서 대머리 그리스인에게 나를 그의 선실로 데려가라고 지시했다. 나의 숭배자들이 무리 지어 문까지 따라왔고, 웅얼웅얼 온갖 헛소리들을 늘어놓으며 나의 빠른 쾌유도 빌어줬다.

그 젊은이는 또래의 다른 승객 두 명과 선실을 같이 쓰고 있었다. 그들이 나와 함께 휴식을 취하러 들어왔다. 그의 이름은 코르넬리우스였고, 두 룸메이트의 이름은 코스타스였다.

"두 분 다 코스타스입니까?"

"예."

"신기하군요."

나는 몇 시간 전에 눈을 떴을 때 누워 있던 침대와 거의 똑같이 생긴 군용 침대 위에 쓰러지듯 누웠다. 몸 상태는 금방 좋아질 것 같았다. 선실 안은 엄격한 스파르타 스타일로 대단히 간소했다. 하지만 나를 제외한 세 친구들은 그런 실내가 전혀 낯설지 않은 것 같았다. 토론이 시작되었다. 냉철한 합리주의자인 그들은 내가 진짜 카를 마르크스일 리가 없다고 털어놓았다. 그러면서도 내가 마르크스와 판박이처럼 닮았다는 사실만큼은 부인할 수 없다며 감탄했다. 나조차도 나에게 일어나고 있는 일들을 믿을 수 없었기 때문에 나는 그들을 원망하지 않았다. 두 코스타스 중에서 키가 큰 코스타스가 카드놀이나 하면서 시간을 보내자고 제안했다. 그러자 다른 코스타스가 재빨리 자신의 가방에서 트럼프를 한 벌 꺼내고, 라크도 한 병 꺼냈다. 우리는 차례로 돌아가며 병째로 그 터키 술을 마셨다.

"다 마셔도 됩니다. 가방 안에 두 병이 더 있으니까요."

그가 카드를 돌리고, 우리는 본격적으로 포커 게임을 시작했다. 알코올이 내 몸을 따뜻하게 덥혀주었지만, 우울한 생각들은 좀체 사라지지 않았다. 게임을 하는 동안 우리는 그들의 전공 분야인 철학과 혁명 투쟁에 대해 이야기를 나눴다. 토론은 헤겔과 변증법을 거쳐 포이어바흐*로 넘어갔다. 이 젊은이들은 서로 지성을 겨루면서 위대한 작품들을 날카롭게 분석하고 논평했다. 나는 그들의 빛나는 미래를 예언했다.

"당신들은 프랑스에서 곧 학위논문을 발표할 거죠?"

"예."

"다들 잘될 겁니다, 내가 장담하지요."

우리는 칸트, 바쿠닌, 나와 그들 시대의 영국 노동조합운동가들, 고대 그리스, 프롤레타리아에 대해서도 이야기를 나눴다. 코스타스가 가방 속에 들어 있던 나머지 술 두 병을 마저 땄고, 그래서 나는 런던의 선술집에서 주워들은 몇 가지 농담을 들려주지 않을 수 없었다. 라크 때문에 목구멍이 타들어가는 것 같았지만 대신 혀는 술술 잘 돌아갔다. '마타로아' 호의 작은 선실 안에서 보낸 몇 시간 동안 내가 술을 얼마나 들이켰는지는 알 수 없다. 어쨌든 나는 게임에서 스물다섯 번을 지고 코가 비뚤어지게 마신 후에 군용 침대에 무너지듯 쓰러져 깊은 잠 속으로 빠져들었다.

에필로그

1865년 5월 17일 런던에서 눈을 떴을 때 카를 마르크스는 입안

---

* 루트비히 포이어바흐(1804~1872). 독일의 철학자. 헤겔 좌파에 속하는 유물론자로, 마르크스와 엥겔스에게 많은 영향을 미쳤다.

이 바짝바짝 마르고 목구멍이 칼칼하고 따끔거렸다. 그는 자신의 몸 상태가 그런 까닭을 주변 사람들에게 설명할 수 없었다. 게다가 평소의 그와는 다르게 자기가 꾼 꿈을 메모해두는 것도 잊어버렸다. 그는 '국제노동자협회'에 계속 전념했고, 『자본론』 제1권을 출간한 데 이어 다른 다양한 책들을 발표했으며, 1883년에 세상을 떠났다.

세상 사람들에게 전혀 알려지지 않은 이 에피소드가 일어난 후 '마타로아' 호는 그 배에 타고 있던 그리스 학생들을 이탈리아에 내려주고 다시 세계의 바다로 나아갔다. 그 배는 1956년에 마침내 항해를 멈추었다. 그 배에서 사용하던 종은 현재 뉴질랜드 마타로아 시의 한 학교에서 쉬는 시간을 알려주고 있다.

코스타스(악셀로스), 코르넬리우스(카스토리아디스), 코스타스(파파이오아누)는 아테네의 프랑스 학교에서 주는 장학금으로 1945년 12월 22일 피레우스 항구를 떠나 1946년 1월에 파리에 도착했다. 그들은 20세기 후반기의 가장 중요한 사상가로 성장했다.

코스타스 악셀로스는 '기술技術적 사상가 마르크스'라는 제목으로 구두 논문 심사를 받았고, 『논쟁』지의 창립 멤버가 되어 죄르지 루카치*를 번역하고 많은 철학 서적을 출간했다. 그는 현재 파리에서 살고 있다.

코스타스 파파이오아누는 고전 선집 『마르크스와 마르크스주의

* 헝가리의 마르크스주의 철학자. 문학비평가.

자들』을 출간하고, 평론집『냉전 시대의 이데올로기』를 발표했으며, 마르크스주의, 헤겔, 비잔틴 예술에 관한 많은 저서들을 출간함으로써 비잔틴 예술에 관한 가장 위대한 석학들 중 한 사람이 되었다. 그는 1981년에 세상을 떠났다.

코르넬리우스 카스토리아디스는 소르본 대학에서 박사 학위 논문을 준비하던 중 혁명운동에 뛰어들었다. 그는 클로드 르포르*와 함께『사회주의인가 야만인가』라는 진보 성향의 잡지를 창간했으며, 그 잡지에서 사회주의 원론을 계속 지향하면서 스탈린주의를 끊임없이 비판했다. 그는 60년대에 마르크스주의와 결별한 후 철학과 정신분석학에 매진하다가, 1997년 파리에서 사망했다.

---

* 프랑스의 정치철학자.

높은 곳

LES HAUTEURS

우선 간단한 일화부터 이야기하기로 하겠다. 그 일은 어제 아침 굴렁쇠 출판사에서 일어났다. 그 출판사는 파리의 한 건물을 일층부터 삼층까지 쓰고 있다. 그리고 그 출판사로 들어가려면 길게 이어진 안마당을 거쳐야 한다. 그러니까 어제, 나는 거기서 우연히 피에르 굴드를 만났다. 그는 굴렁쇠 출판사의 철학 논문 총서를 담당하고 있다. 우리가 진행중인 프로젝트들에 대해 이야기를 나누고 있을 때, 그가 갑자기 말을 멈추더니 나에게 조용히 하라는 신호를 보냈다. 그는 고개를 들어 하늘에 떠 있는 구름들을 골똘히 응시했다.

"들었나?"

"아니, 뭘?"

"좀 전의 그 울부짖는 소리…… 마치 하늘에서 들려오는 나무꾼의 고함 소리 같은……"

"아니, 아무 소리도 못 들었어."

"내가 헛소리를 들었나보군."

우리가 다시 대화를 시작하자마자, 그가 소스라쳐 놀라며 말했다.

"이번엔 들었지?"

"아니, 못 들었는데."

"귀 기울여 들어봐……"

나는 귀를 기울였지만 차 소리와 근처 사무실들에서 울리는 전화벨 소리밖에 들리지 않았다. 그런데 잠시 후, 정말로 휘파람 비슷한 소리가 들렸다. 압력솥에서 김이 빠져나오는 것 같은 그 소리는 점점 커지고 있었다. 굴드와 나는 불안하게 서로의 얼굴을 쳐다보았다. 그때 갑자기 그가 내 팔을 확 잡아끌며 나를 벽에 밀어붙였다.

"두 손으로 머릴 감싸!"

나는 고개를 움츠린 채 잠자코 기다렸다. 곧 하늘에서 어떤 물체가, 우리가 좀 전에 서 있던 포석 위에 둔탁한 소리를 내며 떨어졌다. 십 초 가까이 우리는 죽은 듯 꼼짝 않고 있었다. 굴드는 그 운석을 향해 재빨리 달려가더니 미소를 지으며 그것을 흔들어 보였다. 끈으로 묶은 두툼한 원고 뭉치였다.

"로베르 자케의 「형이상학적 고찰」 마지막 장이야. 다음주나 되어야 받아볼 수 있을 거라고 생각했는데."

자. 그런 일이 일어났었다. 이런 일이 거의 오 년 전부터 계속되고 있다. 하지만 나는 아직도 그것에 익숙해지지 못하고 있다.

공중 부양의 첫 사례는 1999년 어느 저명한 수학 교수가 대학에서 강의를 하고 있을 때 생겨났다. 그 사건이 일어났을 때 안타깝게도 그의 학생들 중 사진기를 갖고 있던 사람이 아무도 없었다. 하지만 신문들은 목격자들의 증언을 토대로 연일 대문짝만 한 기사를 실었다. 그 교수는 아주 난해한 어떤 정리를 증명하던 중이었다. 그런데 그때 갑자기 그의 몸이 붕 떠오르더니 지면에서 약 백오십 센티미터까지 올라가서 멈추었다. 하지만 정작 당사자인 그는 강의에 너무 열중해 있어서, 자기 몸이 공중에 떠 있다는 사실을 전혀 알아차리지 못했다. 그 현상은 이삼 분 정도 지속되었다. 그는 그 정리의 증명을 모두 마치고 나서야 비로소 지면으로 내려왔다. 학생들이 방금 무슨 일이 일어났는지 그에게 이야기해주었지만, 그는 그들의 말을 전혀 믿으려 하지 않았다.

며칠 후. 그와 유사한 현상이 어떤 철학 교사에게 일어났다. 그는 자신이 재직하고 있는 고등학교 지붕 꼭대기 위에 붕 뜬 채로 앉아 생각에 잠겨 있었다. 고가 사다리로 그를 구조하러 온 소방관들에게 그는 자기가 어떻게 해서 그처럼 높은 곳에 올라가 있게 되었는지 전혀 알 길이 없다고 말했다. 다음날, 그의 동료 교사 한 명이 학교 운동장에서 몇 미터 위로 공중 부양해 있는 광경이 목격되었다. 한 학생이 올가미를 던져 가까스로 그를 지면으로 끌어내렸다. 그런데도 자꾸 하늘로 치솟으려 해서 축구 골대에 몇 시간 동안 묶어놓았고, 그제야 그는 중력을 되찾을 수 있었다. 의사들은 유행병처럼 번지고 있는 그 기이한 현상의 원인을 규명하지 못하고 완전히 두 손을 들었다. 불과 이 주일 만에 그 현상은 어마어마한 규모로 번져나갔다. 유럽 전역에서 지식인들이 지나치게 생각에 몰두하기만 하면 그 즉시 지면 위로 떠올랐다. 신문기자들은 공중 부양 장면을 현장에서 포착하겠다는 희망을 안고 이 대학 저 대학으로 분주하게 뛰어다녔다. 텔레비전에서는, 지상에 있는 사람들의 걱정스러운 외침에도 아랑곳하지 않고 십 미터 내지 십오 미터 높이의 공중에서 사색에 잠겨 있는 정신노동자들의 초현실적인 모습을 매일같이 보여주었다. 그 광경들은 곳곳에 있는 예언자들의 천년지복설의 환상을 부채질했다. 이들은 그게 바로 세상의 종말이 가까워진 증거라고 주장했다.

　각국의 정부들은 거기에 대응하여, 병원 내에 특수 병동을 마련했다. 그리고 수많은 지식인들을 데려다가 관찰하기 시작했고, 콜레주 드 프랑스*의 교수들 중 자진하여 실험용 모르모트가 된 이들에게 다양한 백신을 실험했다. 그러나 헛수고였다. 의학적인 해결책이 없자, 정부 당국은 국민들에게 밑창에 납을 댄 신발을 신도록 권장하는 데 그쳤고, 석학들에게는 만일의 재앙을 피할 수 있도록 누군가가 옆에 있는 곳에서만 철학이나 수학에 몰두하라고 촉구

---

* 파리에 있는 국립 고등교육 및 연구 기관. 강의는 일반에게 무료로 공개되며 학위나 사격증도 수여되지 않지만, 교수진이 당대 최고의 학자들로 구성되어 있다.

했다.

처음 몇 달은 모든 사람에게 힘들었다. 대학 교수들은 천장에 달라붙은 채 아주 불편한 자세로 강의를 했다. 대부분의 학생들은 목을 젖힌 상태로 강의를 듣다가 통증을 견디지 못해 급기야는 강의실을 떠났다. 유럽 곳곳에서 지성인들이 공중에 떠 있었고, 그들과 연락도 되지 않았다. 군대는 그들에게 식량을 공급하기 위해 다양한 이동 발판을 설치해야 했다(어떤 사람들은 너무 높이 올라가 있어서 헬리콥터를 이용해야 하는 경우도 있었다). 일주일에 두세 번씩, 건설 장비들에 밧줄을 연결해 그들을 지면으로 끌어내렸다. 그들은 몸을 씻고 단정하게 옷을 차려입고 난 뒤, 필요한 종이와 책들을 챙겨들고 새로운 생각이 떠오르면 다시 조용히 하늘로 올라가곤 했다.

그 전염병은 대륙에서 가장 뛰어난 두뇌의 소유자 몇몇을 죽음으로 이끌기도 했다. 어떤 이들은 너무 높이 올라가는 바람에 망원경으로 보아야 겨우 그들의 위치를 확인할 수 있을 정도였다. 천재성을 조금이라도 더 사용했다가는, 산소가 희박해지고 기온이 영하로 떨어지는 지대로까지 올라갈 수 있었다. 그중 세 사람이 꽁꽁 얼어붙은 상태로 지상으로 떨어지는 바람에 여러 명의 보행자가 중상을 입었다.

굴렁쇠 출판사는 그 전염병을 마케팅에 이용한 최초의 출판사들 중 하나였다. 지식인들은 사유 능력에 비례하여 하늘 높이 올라갔기 때문에, 그 출판사는 신간이 나올 때마다 그 책이 어느 정도의 높이에서 떨어졌는지를 띠지에 적었다. 논문이나 평론을 출간하는 다른 모든 출판사도 곧 같은 방법을 채택했다. 하지만 때때로 정확도를 신뢰하기 힘든 고도를 적어놓는 경우도 있었다. 그래서 독일의 한 주간지가 지상으로부터 오십 미터 높이(최고 기록)에서 썼다는 어떤 잘나가는 철학자의 최근 시론이 사실상 단단한 지면—그것도 벨기에 땅—에 발을 붙인 상태에서 집필됐다는 사실을 밝혀냈을 때, 사람들 사이에선 흥미진진한 논쟁이 들끓었다.

또한 그 전염병은 유럽 각국의 문단에 온갖 사기와 기만의 종말을 알렸다. 대중의 눈에야 신기한 호기심거리였지만, 사교계 출입자들에게 있어선 하나의 비극이었다. 지적 신뢰도가 공중 부양 능력과 직결되어, 한두 마디 멋진 말과 스캔들을 만들어내는 재주만으로는 남의 눈을 속이는 게 더이상 불가능해졌기 때문이다. 진정한 천재로 인정받아온 몇몇 사상가들은 아무리 위로 치솟고 싶어도 지면에 발이 들러붙어 옴짝달싹 못하는 반면, 이름도 생소한 이들이 자신도 모르게 하늘 높이 떠오르곤 했다. 한순간에 명성을 잃고 전락한 어떤 스타들은 자신들의 명성과 공중 부양 높이를 일치시키기 위해서라면 물불을 가리지 않았고, 그래서 그들 중에는 헬륨으로 몸을 부풀린 이들까지 있었다. 하마터면 목숨을 잃을 뻔한 그들은 이런저런 핑계를 대며 자신들의 실패를 변명해보려 애썼지만 전혀 먹혀들지 않았다.

우리 시대의 가장 위대한 사상가들은 현재 삼십층 빌딩 높이에 머물러 있다. 어떤 전문가들은 그것보다 더 높이 올라갈 수 있는 사람은 아무도 없다고 주장하고 있고, 또 어떤 전문가들은 앞으로 몇 년 후에 집단적인 공중 부양이 여기저기서 일어날 거라고 예견하기도 한다. 현재로서는 이 현상에 대해 더 나은 분석이 나오지 않고 있다. 때때로 나는 미래의 칸트와 아인슈타인이 우리 시대가 그들에게 갖고 있는 환상을 저버리지 않는다면, 그들이 자신들의 천재성 때문에 대기권을 벗어날지도 모른다는 우려가 들기도 한다. 아무튼, 만물의 불가해한 힘에 의해 위성들로 변한 철학자들이, 그들의 탄생을 지켜보았던 도시들에서 멀리 떨어지기를 바랐던 플라톤의 바람을 지금보다 더 근접하게 실현했던 적은 결코 없었을 것이다.

박물관에서

AU MUSÉE

여자들은 동시에 재잘거릴 때가 많다. 그리고 그들이 다 함께 내지르는 요란한 신음 소리는 이유를 알 길 없는 청자에게 불쾌감을 불러일으킨다.

피에르 클라스트르

나는 박물관 학예 연구원과 오후 한시 삼십분 정각에 만나기로 약속이 되어 있었다. 박물관은 시내에서 약간 벗어난 한적한 곳에 위치해 있었다. 커다란 내리닫이창들이 나 있고 엄청나게 크기만 한, 별로 매력적이지 않은 직사각형 건물이었다. 약속 시간보다 일찍 도착한데다 문이 열려 있었기 때문에 나는 안으로 들어가 전시실들을 구경해보기로 마음먹었다. 로비의 안내 창구에는 아무도 없었고, 관람객도 보이지 않았다. 아마도 겨울에는 관람객이 거의 없는 듯했다.

엄청나게 넓은 첫번째 전시실 벽에는 똑같은 크기의 액자들이 걸려 있었다. 그 액자들 각각에는 A4 용지 두 장이 수직으로 나란히 배치되어 있었는데, 그 용지들에 소문자로 빽빽하게 글이 찍혀 있는 것을 알아볼 수 있었다. 각각의 액자 아래에 그 작품들에 대한 설명이 적혀 있었다. 사실 그다지 흥미롭지 않았기 때문에 나는 그다음 전시실로 넘어갔다. 그런데 이상하게도 그중 한 전시실이 아주 두꺼운 검은 커튼으로 다른 전시실들과 구분되어 있었다. 입장할 때 특별히 정숙해달라는 안내문까지 벽에 붙어 있었다. 호기심이 발동한 나는 그 커튼을 조금 들추어보았다. 그리고 곧 희미한 빛에 잠겨 있는 커다란 방을 발견했다. 어둠에 눈이 익숙해지기까지는 몇 초가 걸렸다. 한 변의 길이가 오십 센티미터 정도인 정육면체 받침돌 위에 각각 고정되어 있는 사람 크기만 한 형체들이 조금씩 눈에 들어왔다. 대략 열다섯 점쯤 되는 것 같았다. 그 전시실의 공기는 다른 곳보다 더 서늘했고, 상당히 불쾌하고 이상한 향이 떠돌고 있었는데, 그게 정확하게 무슨 냄새인지는 알 수 없었다. 그 조각상들은 사람의 살결을 마치 살아 있는 것처럼 사실적으로 완벽하게 재현한 몸에 하얀 아마포로 만든 긴 토가를 입은 여자들이었다. 머리카락까지도 진짜처럼 강렬한 인상을 주었다. 그녀들이 금방이라도 받침돌에서 내려와 박물관 안을 천천히 거닐 것만 같았다. 조각상들은 눈을 모두 감고 있어서 흡사 잠을 자는 것 같았다. 나는 그 작품들을 만든 조각가가 혹시 완벽한 사실주의를 구현하기 위해 눈꺼풀 안에 안구까지 만들어놓은 게 아닐까 하는 호기심이 일었다. 그래서 첫번째 조각상의 눈꺼풀을 들어올려보려고 까치발을 세웠다. 그때, 등 뒤에서 공포에 질린 고함 소리가 들려왔다.

"뭐 하는 겁니까! 손대지 마세요!"

나는 놀라서 뒤를 돌아보았다. 머리가 벗어지고 배가 불룩 튀어 나온 땅딸한 남자가 전시실 입구에 서서, 마치 내가 곧 떨어뜨릴 어떤 꽃병을 자기가 재빨리 붙잡겠다는 듯이 두 팔을 쭉 내밀고 있 었다. 그는 나에게로 곧장 걸어와 내 손을 잡고는 한마디 말도 없 이 나를 전시실 밖으로 끌고 나왔다. 밖으로 나온 그는 길게 한숨 을 내쉬고 나서 자기소개를 했다. 박물관 학예 연구원 피에르 굴 드. 나도 내 소개를 했다. 내가 바로 박물관 관리직 채용 면접을 위 해 당신과 약속을 했던 사람이라고. 그러자 그는 자기 사무실로 따 라오라면서 아까는 너무 경황이 없는 바람에 첫 대면부터 무례하 게 굴었다고 사과했다.

"그녀들은 일주일 전부터 불평을 하지 않고 있어요." 그가 말했 다. "나는 그녀들이 잠에서 깨지 않기를 바랍니다."

"누구 말입니까?"

"아, 물론 그녀들 말이지요!"

"아까 그 조각상들을 말씀하시는 겁니까?"

"예."

"그 조각상들이 살아 있나요?"

그는 나를 의자에 앉히고 나서 커피를 대접했다. 그의 사무실은 서류들로 혼잡한 작은 방이었고, 지나칠 정도로 난방을 틀어놓고 있었다. 나는 그 면접이 두려웠다. 박물관 관리직에 지원하기는 처음이었기 때문이다. 나는 대학 졸업장도 없었고, 미술을 전공하지도 않았다. 그래서 전문 지식이 필요한 심도 깊은 질문들이 쏟아질 거라 예상하고 바짝 긴장해 있었다. 그런데 너무 놀랍게도, 굴드가 나에게 던진 첫번째 질문은 내가 언제부터 일을 시작할 수 있느냐는 것이었다. 긴장이 풀려버린 나는 숙소 문제만 해결되면 언제라도 일을 시작할 수 있다고 대답했다.

"이곳에는 오늘 도착했습니까?"

"예."

"파리에서 오셨군요, 그런가요?"

"예."

"곧 알게 되겠지만, 이곳은 아주 살기 좋은 조용한 동네랍니다. 숙소 문제는, 당신이 집을 구할 때까지 박물관에서 비용을 대줄 겁니다. 어디 보자, 여기 어딘가에 세입자를 구하는 광고들이 있을 텐데."

그는 종이 더미에서 부동산 광고지 한 부를 꺼내 들면서, 박물관 내에 작은 스튜디오가 하나 있긴 하지만 그곳은 사용하지 않는 게 좋을 거라고 덧붙였다. 나는 왜냐고 묻지 않았다. 그리고 우리는 계약서에 사인을 했다. 그 박물관에 들어선 지 십 분 만에 나는 그 시립 박물관의 정직원으로 채용되었다. 내가 할 일은 개관 시간 동안 소장품들을 지키고, 굴드가 건넨 매뉴얼에 따라 파손되기 쉬운 몇몇 작품들을 관리하는 것이었다. 그리고 우편물들을 확인하고 답장도 해줘야 했다. 내가 그런 일들을 잘 해낼 수 있을지 몹시 걱정이 됐다. 하지만 그는 걱정할 건 전혀 없고, 지금은 일 년 중 관람객이 가장 적은 시기이니만큼 더더욱 신경쓸 일이 없다며 나를 안심시켰다. 그러고 나서 그는 엄청난 열쇠 꾸러미를 내게 맡기고는 외투를 입었다.

"가시는 겁니까?"

"예. 이제 당신이 여기 있으니까, 나는 더 자유롭게 일할 수 있겠지요. 오후 다섯시 삼십분에 문을 닫고, 오전 아홉시에 문을 여세요. 점심시간에는 잠시 휴관하시고요. 아, 여기서 아주 가까운 곳에 꽤 괜찮은 작은 음식점이 있어요. 전자 경보 시스템은 신경쓰지 않아도 될 겁니다, 한 번도 울린 적이 없으니까."

당황한 나는 출구를 향해 종종걸음 치는 그의 뒤를 따라갔다. 수십 가지 질문이 머릿속에 떠올랐다.

"그럼 관람객이 오면 어떡하죠?"

"입장료를 받고 표를 주세요. 모든 건 입구 창구 안에 있습니다."

"그럼 청소는요?"

"청소부 아주머니가 매주 오십니다. 당신은 그분이 게으름을 피우는지 어떤지 확인만 하면 됩니다."

"강도가 들 경우에는 제가 어떻게 해야 하죠?"

"강도? 그런 일은 일어나지 않을 겁니다, 걱정하지 마세요. 오늘 밤에 묵을 숙소로 광장에 있는 호텔을 추천하고 싶군요. 원하신다면, 가는 길에 그곳에 들러 방을 예약해드리지요."

그는 나에게 인사를 하고 나서 빠른 걸음으로 인적 없는 거리로 사라졌다. 나에게 박물관을 내맡기고 달아날 만큼 이 박물관이 지긋지긋했던 것일까. 나는 쥐 죽은 듯 고요한 그 커다란 건물 안에 홀로 남아 열쇠 꾸러미를 손에 든 채 어찌할 바를 모르고 서 있었다. 박물관이 제대로 굴러가느냐 마느냐는 이제 내 어깨에 달려 있었다. 굴드가 그렇게 후다닥 그 많은 책임들을 나 같은 초보자에게 떠맡겼다는 게 도무지 믿기지가 않았다. 나는 창구에 앉아 불안에 사로잡힌 채 제발 관람객이 한 명도 나타나지 않기를 빌면서 그날 오후를 보냈다. 입구 진열대에 꽂혀 있는 팸플릿을 훑어보다가 이 박물관이 60년대 말에 처음 문을 열었다는 사실을 알게 되었다. 이곳은 탄식과 절규라는 주제와 관련된 온갖 형태의 오브제들을 한데 모아놓은 독특한 박물관이었다. 이 박물관에서 가장 자랑할 만한 것들에는 전 세계에서 수집한 비명, 통곡, 애원에 관한 오천 점 이상의 녹음 자료들을 보관해놓은 소리 도서관, 다양한 법정 기록물 보관소에서 수거해온 공식 고소장들, 울고 있는 남자들과 여자들을 표현한 미술 작품들, 그리고 특히, 팸플릿 표현을 따르자면 "히스테릭한 탄식 때문에 등줄기가 오싹해질" 놀라운 '우는 여자들' 컬렉션이 있었다. 팸플릿 아랫부분에는 내가 하마터면 깨울 뻔했던 그 조각상들의 사진 몇 장이 설명과 함께 실려 있었고, 그 밑에는 박물관 이용 시간과 입장료가 적혀 있었다.

며칠 지나지 않아 나는 새로 얻은 직장 생활에 익숙해졌다. 그박물관이 믿기지 않을 정도로 한가했다는 것을 말해둘 필요가 있

다. 처음 삼 주일 동안 관람객은 한 명도 오지 않았다. 피에르 굴드
는 두 번 거듭 전화를 해서 별다른 문제가 없는지 확인했고, 나는
그에게 이제 어느 정도 일에 적응이 되었다고 말하면서 그를 안심
시켰다. (그는 서둘러 떠난 그날 이후로 박물관에 코빼기도 비치
지 않았는데 내게는 그런 그의 모습이 도저히 전문가다워 보이지
않았다.) 게다가 나는 그곳에서 엎어지면 코 닿을 곳에 가구 일체
가 딸린 셋집을 구했고, 새로운 하루 일과에 차츰 익숙해지면서 편
안하고 즐겁게 지내고 있었다. 오랜 근무시간 동안 박물관을 지키
는 것 이외에 달리 할 일이 없어서 나는 굴드가 준 목록에 적힌 다
양한 관리 임무들을 최선을 다해 이행했다. 유일한 고역은 우는 여
자들을 씻겨주는 일이었다. 굴드도 그 일에 관해서만큼은 아주 깐
깐하게 굴었다. 월요일마다 어김없어야 했고, 그것도 대충 닦는 게
아니라 온갖 정성을 다해 구석구석 꼼꼼하게 씻겨줘야만 했다. 여
간 고역이 아니었던지라, 그 일을 해야 한다는 생각만으로도 온몸
에 힘이 쭉 빠지면서 주말 내내 기분이 우울했다.

　우는 여자들을 씻겨주는 일은 그녀들이 얼마만큼 협조적이냐에
따라 세 시간에서 네 시간 정도가 걸렸다. 나는 목욕 도구를 가지
고 전시실 안으로 들어가서 커튼을 모두 열어젖히고 창문을 열어
환기를 시켰다. 여자들이 눈을 뜨면서 기지개를 켜고, 춥다는 핑계
를 대면서 늘 그렇듯이 징징대기 시작했다. 그러면 나는 여자들을
하나하나 받침돌에서 내려 하얀 토가를 벗기고, 목욕 장갑에 부드
러운 비누를 묻혀 참을성 있게 머리에서 발끝까지 씻겨주었다. 여

자들은 끊임없이 한숨을 내쉬고, 물 온도가 어떻다느니, 내 손길이 너무 거칠다느니 불평불만을 늘어놓고, 조그만 꼬투리만 생겨도 오열을 터뜨리곤 했다. 빌미만 생겼다 하면 힘들고 고통스럽다고 난리를 쳤다. 오른쪽 벽의 우는 여자들을 씻기기 시작하면 왼쪽 벽의 여자들이 울었고, 다른 여자들에게 사용했던 수건으로 몸을 닦아준 여자들은 내가 다음 여자들을 위해 새 수건을 꺼내는 걸 보고 울었다. 여자들의 징징거림은 그런 식으로 끝도 없이 계속되었다. 정말로 미칠 지경이었다. 어떤 여자들은 머리를 감겨달라고 했고, 어떤 여자들은 손톱을 깎아달라고 했다. 어쩌다가 거절이라도 하면 울부짖기 시작했고, 그러면 곧 그 옆의 여자들도 질세라 소리를 지르며 따라 울었다. 때로는 그녀들을 때리게 될까봐 극도의 자제심을 발휘해야만 했다. 내게 맡겨진 귀중한 소장품들을 감히 망가뜨릴 수는 없었기 때문이다.

우는 여자들은 보통 목욕이 끝나고 몇 시간 후까지도 감정이 가라앉지 않아 계속 울었고, 그러면 나는 창구에 앉아 그녀들의 울음과 탄식이 점차 약해져 마침내 완전히 사그라질 때까지 잠자코 그 소리를 듣고 있어야 했다. 월요일 저녁 다섯시 삼십분, 퇴근할 무렵이 되면 비로소 침묵이 찾아왔다. 그녀들은 또다시 잠이 들었고, 일시적으로 가벼운 발작이 일어나지만 않는다면 다음주 월요일까지는 깨지 않을 터였다. 나는 그녀들의 잠을 방해하지 않기 위해 가능한 한 소리를 내지 않으려 애썼다. 그리고 박물관 안을 짓누르고 있는 초자연적인 침묵에서 벗어나기 위해 작은 휴대용 카세트

라디오를 구입했다. 나는 우는 여자들이 꿈에서 깨어날까 두려워할 필요 없이, 이어폰을 꽂은 채 안심하고 바그너 합창곡과 재즈곡들을 내 고막에 천둥처럼 쾅쾅 울리게 했다.

하지만 어느 날, 우는 여자들의 발작이 멈추지를 않았다. 여느 월요일 아침과 마찬가지로, 나는 세 시간이 넘게 공을 들여 여자들을 차례차례 씻겨주었다. 그런데 여자들은 평소와는 다르게 오후 내내 계속 흐느끼고 울부짖었다. 울음소리가 잦아들기는커녕 점점 커져만 갔다. 나는 불안해하면서 박물관을 나왔다. 밤사이에 진정되리라 기대하면서. 하지만 다음날 아침 박물관 문을 열고 들어갔을 때, 한 여자의 찢어질 듯한 절규가 내 귀를 얼얼하게 했다. 나는 조금만 더 지켜보다가 피에르 굴드에게 도움을 요청하기로 마음먹고, 여자들의 울음소리가 들리지 않도록 이어폰을 귀에 꽂고 휴대용 카세트 라디오를 켰다. 흐느끼는 소리들이 벽을 타고 건물 전체에 울려퍼지고 있었다. 몇 시간 후, 나는 불안감에 사로잡혔다. 왜 저렇게 오랫동안 울고들 있을까? 나는 오후 다섯시까지 그럭저럭 견디다가 삼십 분 일찍 박물관 문을 닫았다. 만일 일찍 폐관한 이유를 설명하라고 한다면, 잠시 몸이 아팠다는 핑계를 대야겠다 생각하면서.

다음날은 더 끔찍했다. 울음소리가 한층 힘차게 울려퍼지고 있었다. 마치 바이올린과 트럼펫을 고문하고 있는 위험한 광인들의 오케스트라 한가운데에 서 있는 것 같았다. 더는 참고 견딜 수 없는 지경에 이르렀다. 여자들과 협상을 시도해보는 수밖에 없었다. 그래서 나는 귀를 틀어막으면서 우는 여자들의 전시실로 들어갔다. 거기서 흘러나오는 소리들은 경보 사이렌, 돌 가는 소리, 전기톱 소리, 돼지 멱따는 소리를 차례로 연상시켰다. 정말로 지옥 같았다. 검은 커튼을 열어젖힌 나는 열다섯 명의 우는 여자들이 자신들의 받침돌 위에 쓰러지듯 주저앉은 채 눈물 젖은 눈으로 성난 암늑대들처럼 죽을힘을 다해 울부짖고 있는 것을 발견했다. 어떤 여자들은 두 팔을 허공에 높이 치켜든 채 정체 모를 신에게 애원하고 있었고, 또 어떤 여자들은 자폐증 환자들처럼 몸을 웅크린 채 받침돌에 제 머리를 찧어대고 있었다. 나는 고함을 빽 질렀다. 모두 어안이 벙벙해져 내 쪽을 돌아보았다. 갑자기 침묵이 찾아왔다. 이제 콧물을 들이마시며 볼썽사납게 코를 훌쩍이는 소리 외에는 아무 소리도 들리지 않았다.

"도대체 무슨 일입니까?"

아무도 대답하지 않았다.

"이틀 전부터 왜 그렇게 울고들 있는 거냐구요!"

긴장감이 감돌았다. 여자들은 적의를 띤 얼굴로 나를 빤히 쳐다보았다.

"우린 너무 피곤해요……" 가장 대담한 여자가 마침내 입을 열었다.

"나는 가슴이 너무너무 답답해요."

"우린 세상 사람들에게서 소외되고 있어요."

"아무도 우릴 사랑하지 않아. 친절하게 말을 건네주는 사람은 한 명도 없어."

"모두들 우릴 악의에 찬 시선으로 냉담하게 대해요."

"우린 더이상 버틸 수가 없어요."

울음의 메커니즘이 다시 작동하기 시작했다. 여자들은 한 명 한 명 차례로 탄식하기 시작했다. 나는 앞으로 목욕 횟수도 줄이고, 비누 브랜드도 바꾸고, 받침돌도 더 편안한 것으로 바꿔주겠다고 말했다. 하지만 그녀들은 내가 하는 말은 한마디도 들으려 하지 않았다.

"모든 게 엉망이야. 아무도 우릴 이해하지 않아."

"우리의 문제는 극복할 수 없어."

"언제나 폭력으로 우릴 억누르려 해."

"늘 외롭고, 우울하고, 항상 똑같아."

하나같이 목이라도 맬 분위기였다. 미칠 지경이 된 나는 마치 첫번째 말이 쓰러지면서 전체를 쓰러지게 만드는 도미노 게임처럼 그녀들이 차례차례 울음을 터뜨리는 것을 보았다. 히스테릭한 탄식의 급류는 점점 거세어져 마침내 나를 익사시키고 말 것 같았다. 당황한 나는 서둘러 전시실에서 빠져나올 수밖에 없었다.

"여보세요, 굴드 씨?"

"아, 당신이군요! 안녕하세요?"

"별로 안녕하지 못합니다."

"저런!"

"박물관에 문제가 좀 생겼어요."

"그래요?"

"예, 우는 여자들한테."

"무슨 일인데요?"

"여자들이 울고 있어요."

"그거야 당연한 거 아닙니까."

"예, 하지만 보통 몇 시간 정도면 끝나잖아요."

"그런데요?"

"내일이면 꼭 일주일째입니다. 정말이지 쉬지 않고 울어대고 있다고요."

"이런!"

"오셔서 직접 한번 보세요. 당신은 오래전부터 알고 지냈으니, 진정시키는 방법도 아시겠지요."

"저라고 딱히 가까운 사이도 아니라서요."

"여하튼 이제 저는 뭘 어떻게 해야 할지 모르겠어요. 그 여자들 때문에 돌아버리기 일보 직전이라니까요."

"설마 그럴 리야……"

"정말이에요. 집에 돌아가서까지도, 고막을 찢는 듯한 윙윙거림이 귓속에서 계속 들려요. 마치 그 우는 여자들이 날 따라다니는 것 같다구요. 완전히 고문입니다."

"병원에 한번 가보세요. 분명히 일시적인 증상일 겁니다. 조금

지나면 괜찮아질 거예요."

"그 여자들이 영영 울음을 멈추지 않을까봐 겁이 납니다. 전 더 이상 버틸 재간이 없어요."

"힘내세요, 다 잘될 겁니다. 다음주에 시간을 내서 한번 들러보도록 할게요, 됐죠?"

"다음주요? 지금 당장 오셔야 한다니까요! 저는……"

"잘 지내시고, 그때 봐요. 꼭 가도록 할게요."

학예 연구원은 그다음 주에도, 그다음다음 주에도 오지 않았다. 나는 말할 수 없이 우울하고 힘들었지만, 내가 맡은 임무에 계속 충실하려 노력하면서 매일 아침 아홉시에 박물관 문을 열었다. 내가 이곳에서 근무한 지 벌써 육 개월이 지났지만, 그동안 박물관 문턱을 넘은 관람객은 단 한 명도 없었다. 우는 여자들의 울음소리만으로도 참기가 어려운데다 외로움까지 합세하자 이상한 환각 증세들이 나타나기 시작했다. 우는 여자들의 전시실에서 들려오는 울음소리들은 커다란 검은 새들의 형태로 나타나 내 머리 주위에서 엄청난 속도로 뱅글뱅글 돌다가 바닥에 곤두박질치며 으깨졌다. 때때로 벽들이 뒤틀리거나 들떠 일어나고, 바닥의 타일들이 마치 숨을 쉬듯 부풀어올랐다가 푹 꺼지기도 했다. 나는 미쳐가고 있었고, 나 스스로도 그걸 어느 정도 의식하고 있었다. 이따금씩 나는 상상의 단체 관람객을 이끌고 박물관을 안내하기도 했다. 나는 홀로 복도를 거닐며 큰 소리로 관람객들에게 수많은 전시물들을 하나하나 상세하게 설명해주기도 했다. 관람객들에게 가장 인기 있는 곳은 역시 우는 여자들이 있는 전시실이었으며 그곳은 관람객들에게 대단히 강렬한 인상을 심어주었다. 그들은 손가락으로 귓구멍을 틀어막은 채, 조각상들이 그처럼 탄식하고 울 수 있다는 사실에 흥분을 감추지 못하면서, 그녀들을 관리하고 감독하는 일은 분명히 아주 재미있을 거라고 나에게 말하곤 했다.

수학여행을 온 상상의 학생들을 이끌고 박물관 안을 순례하던 어느 날, 나는 갑자기 격심한 두통을 느꼈고, 그래서 무릎을 꿇고 그대로 주저앉고 말았다. 두 달 넘게 계속 이어지고 있는 여자들의 울음과 탄식은 말 그대로 나를 초주검으로 만들었다. 나는 속에 있는 걸 모두 토해내고 나서 거의 의식을 잃었다. 아이들이 내 주위를 빙글빙글 돌며 춤을 추고, 잔인하게 입을 비죽거리며 비웃고 있었다. 기력이 소진해 숨쉬기조차 힘들어진 나는 이제 한 가지 방법밖에 남지 않았음을 깨달았다. 나는 휘청거리는 다리를 겨우 일으켜세워, 우는 여자들의 전시실까지 걸어갔다. 그녀들의 끔찍한 신음 소리가 내 귓속으로 밀려들어와, 마치 미치광이 악마들처럼 내 머릿속에서 소용돌이쳤다. 아주 강력한 어떤 소리가 내 귓속에 계속 들러붙어 있어서 나는 마침내 아무 소리도 들리지 않게 되었다. 그 전시실 바로 옆에 창고로 사용하는 작은 방이 하나 있었다. 나는 거기서 조각상들을 올려놓는 받침돌을 하나 가져다가 전시실 한가운데에 놓았다. 우는 여자들이 일제히 울부짖으면서 나를 쳐다보고 있었다. 금방이라도 기절할 것 같은 지경에 이른 나는 그 받침돌 위로 안간힘을 다해 기어올라가 꼿꼿하게 자세를 잡고 섰다. 그러자 이내 내 몸속에서 눈물의 급류가 솟구치는 게 느껴졌다. 그리고 나는 나의 동류들에게 바치는 오마주로, 배 속 깊은 곳에서 울려나오는 최초의 통곡을 하염없이 내질렀다.

그녀들은 이내 나를 받아주었다. 이제 매주 월요일이면 나의 후임자가 목욕 장갑에 부드러운 비누를 묻혀 나를 씻겨준다. 그는 아주 호감이 가는 젊은 남자다. 내 누이들과 나는 그가 곧 우리와 합류하길 바라면서 우리의 절망을 가슴 깊은 곳에서부터 내지른다.

블록

LES HÉRÉSINES

닉클라스가 우리 공장으로 자신의 발명품을 들고 찾아온 날을 아주 또렷하게 기억하고 있다. 그날 나는 오전부터 공장 건물 맨 꼭대기 층에 있는 내 사무실에서 엄청나게 쌓인 서류들을 결재하고 있었다. 꽤나 지쳐 있었기 때문에 인터폰이 울렸을 때는 일을 잠시 멈출 수 있게 되어 오히려 다행이라는 생각마저 들었다. 비서는 어떤 젊은 남자가 찾아와 나를 급히 만나고 싶어한다고 했다. 평소 같았으면 선약되지 않은 사람은 절대로 만나지 않았다. 하지만 나는 그 쓸데없는 서류 더미에 진절머리가 난 상태였기 때문에 그 뜻밖의 방문객에게 오 분의 시간을 내주기로 했다.

그렇게 해서, 나무 막대기처럼 뻣뻣하고 무뚝뚝하게 생긴 사내가 몸에 잘 맞지 않는 양복 차림에 가죽 트렁크를 들고 내 사무실

안으로 들어왔다. 그는 수줍게 인사를 하고 나서 내가 권하는 안락
의자에 앉았다. 그가 그 창백하고 긴 몸을 의자에 어정쩡하게 앉
히는 모습을 보고 나는 즉시 그에게 호감을 느꼈다. 그가 한마디도
하지 않고 경직된 모습으로 앉아 있었기 때문에, 내가 먼저 그에게
가져온 것을 보여달라고 했다.

그는 고개를 끄덕하더니, 조금도 주저하지 않고 내 책상 위에 놓
여 있는 물건들을 자신의 시연에 방해되지 않게 손으로 모조리 쓸
어냈다. 그러고 나서 가죽 트렁크를 열어 안에 든 것들을 책상 위
에 쏟아부었다. 스무 개가량 되는 다양한 형태(정사각형, 직사각
형, 삼각형, 마름모꼴 등등)의 얇은 판 블록들이었다. 알 수 없는
재료를 잘라 만든 것들로 각각 길이가 십 센티미터 남짓했다. 그는
바지 주머니를 뒤져 꼬깃꼬깃 접힌 종이를 꺼내더니 나에게 내밀
었다. 난감해하고 있던 나는 그걸 낚아채듯 받아서 펼쳐보았다. 그
종이 한가운데 깨알 같은 글씨가 인쇄되어 있었다.

"이걸 나보고 읽으라는 겁니까?"

그가 고개를 끄덕였다.

"다음번에는 돋보기도 함께 갖고 오시죠." 나는 투덜댔다.

이 블록 세트들은 유한한 수의 블록으로 이루어진 집합체이다.

이 블록 세트들 안의 블록으로 여러 가지 형상들을 만들 수 있다.

각각의 블록 세트로 만들 수 있는 형상의 수는 무한하다.

어떤 블록 세트도 같은 형태를 두 번 연이어 만들어낼 수 없다.

나는 고개를 들고 무슨 소린지 도무지 모르겠다는 표정을 지어 보이며 이게 무슨 뜻이냐고 그에게 물었다. 그는 길게 숨을 들이마시고는 종이에 적혀 있는 내용만큼이나 이해하기 어려운 연설을 시작했다.

"이 블록 세트들은 정말 획기적인 발명품입니다. 곧 아시게 되겠지만, 정말로 놀라운 속성들을 갖고 있습니다. 블록 세트는 여러 개의 블록으로 구성되어 있습니다. 최소치의 한계가 있어서 그 이하의 블록으로는 더이상 게임을 할 수 없습니다. 반면에 최대치의 한계는 없지요. 제가 수백 개의 블록 세트를 갖고 연구해본 결과, 이 원칙이 어긋난 경우는 단 한 번도 없었습니다. 따라서 사용자가 블록 세트를 완전히 자유자재로 다룰 수 있도록 하려면 블록 수를 많아야 몇십 개로 제한하는 게 좋습니다. 물론, 수집가용 특별 모델을 출시하는 경우는 다르겠지요. 그런 모델들의 경우, 온갖 것들이 가능합니다."

그가 블록 세트에 대해 열을 내며 떠들어대는 게 재미있었다. 하지만 문득 아까운 시간을 허비하고 있는 게 아닌가 하는 생각이 들어서, 나는 마침내 그의 말을 중단시켰다.

"아, 선생……"

"닉클라스입니다."

"닉클라스 씨. 당신의 발명품은 확실히 아주 흥미롭군요. 하지만 그건 내가 찾고 있는 물건이 아닌 것 같습니다."

그의 얼굴이 일그러졌다.

"여기 이 블록 세트를 가지고 사장님 앞에서 시연해볼 기회만이라도 주십시오. 눈으로 직접 보시고 나면 분명히 생각이 달라지실 겁니다."

"삼 분 드리죠." 나는 잠시 침묵한 후에 냉담한 목소리로 말했다.

그는 내 책상 위에 쏟아놓은 얇은 판 블록들을 쌓아올려 이십 센티미터 높이의 작은 탑을 만들었다.

"한번 해보세요."

"뭘 어떻게 하라는 겁니까?"

"하시고 싶은 대로."

"이렇게?"

"하나의 형상을 만드세요, 아무거나. 블록들을 마음대로 조립해보세요."

나는 블록을 갖고 놀 나이는 이미 지났다고 하려다가 그의 말에 호기심이 발동해서, 굴뚝이 딸린 단순한 집을 한 채 지었다.

"자, 이젠 어떻게 할까요?"

그는 미소를 짓더니, 어이없게도 내가 공들여 지은 집을 손등으로 무너뜨려버렸다.

"참고 기다리세요. 조금 전 그건 단지 첫 단계였을 뿐입니다. 저는 막 그 형상을 무너뜨리고 모든 걸 원점으로 되돌려놓았습니다. 자, 이제 그 형상을 다시 만들어보세요."

"그 형상이라니. 좀 전의 그 작은 집을 말하는 겁니까?"

"예."

나는 내 머릿속에 들어 있는 도면을 바탕으로 블록들을 재빨리 쌓아올리기 시작했다. 별로 어려운 일이 아니었다. 하지만 지붕을 만들려는 순간, 내게 남은 블록이 정사각형 모양밖에 없다는 것을 알아차렸다. 정사각형 블록들을 가지고 어떻게 뾰족한 지붕을 만든단 말인가? 그래서 나는 건물의 몸체에서 삼각형을 몇 개 빼내고 그 자리에 어떻게든 정사각형들을 끼워넣어보려 애썼다. 그런데 안타깝게도 문제는 전혀 해결되지 않았다. 이제 건물 정면에 구멍들이 생겨버렸다. 나는 내가 좀 전에 만들었던 집을 다시 만들어낼 수 없어서 부아가 치밀어오르기 시작했다. 닉클라스는 무덤덤한 표정으로 내가 하는 양을 지켜보고 있었다. 나는 쌓아놓은 것들을 과감하게 부숴버리고 처음부터 다시 시작했다. 한 조각 한 조각 치밀하게 계산해가면서 블록을 쌓아나갔다. 하지만 지붕을 만들려는 순간, 이번에는 마름모꼴만 남아 있었다. 화가 난 나는 내가 만든 집을 손가락으로 퉁겨 무너뜨리고는 눈을 들어 닉클라스를 쳐다보았다. 그는 만면에 미소를 띤 채 승리자 같은 표정을 짓고 있었다.

"신기하죠?" 그는 모사꾼 같은 목소리로 말했다. "처음에 만든 형태를 다시 만들 수가 없죠?"

"이봐요, 닉클라스 씨. 나는 큰 회사를 운영하는 사람입니다. 당신이 가져온 조각들을 주무르며 한정 없이 장난이나 치고 있을 시간이 없어요."

"사장님이 실패하신 건 지극히 당연한 겁니다. 이 세상 그 누구도 성공할 수 없으니까요. 심지어 저조차도 말입니다. 아까 보여드렸던 종이에 쓰여 있는 것처럼, 이 블록 세트로는 동일한 형태를 연이어 두 번 만들 수 없습니다."

다시 호기심이 생긴 나는 그에게 계속 설명해보라고 했다.

"사장님이 손에 들고 계신 얇은 판처럼 생긴 블록들은 하나의 블록 세트에 속해 있는 것들입니다. 그것들을 가지고 사장님은 무한한 수의 형상들을 만들 수 있을 겁니다. 사장님의 인생이 끝날 때까지 하루에 열두 시간씩 블록을 쌓는다 해도, 이 블록 세트는 계속 새로운 형상들을 만들어낼 것입니다. 하지만 사장님이 만들어내는 각각의 형상들은 만들어지고 난 후 영원히 사라질 것입니다."

"내가 아까 지었던 그 집을 다시 짓는 게 영영 불가능하다, 이 말인가요?"

"그렇습니다."

얼이 빠진 나는 책상 위에 놓인 블록 무더기를 바라보며 골똘히 생각에 잠겼다.

"하지만 만일 내가 어떤 한 블록을 슬쩍 옮겼다가," 나는 손가락으로 직사각형 하나를 밀면서 말했다. "곧바로 다시 제 위치로 돌려놓는다면, 그 형상이 다시 만들어지는 것 아니겠어요?"

"원하신다면 그렇게 할 수도 있겠지요. 하지만 그렇게 되면 사장님이 진정한 게임을 했다고 할 수 없습니다. 이 블록 세트 게임은 최소한의 정직성을 전제로 합니다. 각각의 형상을 만든 후에는 완전히 무너뜨리고 원점에서 다시 시작해야 합니다. 그렇게 하지 않으면 이 게임은 아무런 의미가 없으니까요."

닉클라스의 설명은 나의 호기심을 자극했지만, 그가 터무니없는 것을 믿으라는 게 아닌가 하는 생각이 들었다. 그래서 나는 충분한 시간을 갖고 연구해보고 싶으니 그에게 사무실에다 발명품을 놔두고 가라고 부탁했다. 그는 발명품에 대해 누구에게도 말하지 않는다는 조건하에 내 부탁을 받아들였다. 그런 조건을 굳이 달지 않더라도, 나는 남에게 이 얘기를 할 생각은 꿈에도 없었다. 닉클라스의 발명품이 정말로 신기하다는 걸 알게 된 건 바로 그다음 날이 되어서였다. 그 블록 세트는 **상상을 초월하는** 물건이었다. 어떤 각도에서 시도를 해보아도 동일한 조합을 두 번 연달아 만들어낼 수 없다는 것도 놀라웠지만, 유한한 수의 블록으로 무한한 수의 조합을 실현한다는 건 훨씬 더 놀라운 일이었다. 이 모든 것을 어떻게 받아들여야 할까? 닉클라스가 나를 멋들어지게 속여 넘긴 것이거나, 그도 아니면 그의 발명품은 이제껏 그가 나에게 보여준 것 가운데 가장 놀라운 것이었다. 미심을 남기면 안 되겠기에, 나는 블록들을 가지고 일부러 아주 단순한 형상을 만든 후 그것들의 배치 상태를 종이에 그대로 기록하고 나서 그 형상을 무너뜨렸다. 그리고 그 배치도의 도움을 받아가며 다시 똑같은 것을 만들려고 했다. 그러자 놀랍게도 처음 형상을 그대로 만들 수 있었다. 블록 세트의 가면이 순식간에 벗겨졌다. 그 모든 것은 결국 능란한 속임수, 고도의 장난에 지나지 않았고, 나는 거기에 속아 넘어간 거였다. 그런데 이상하게도 왠지 허전했다. 닉클라스가 자신의 연락처를 남겨두었기 때문에, 나는 그의 블록 세트 게임에서 내가 이겼다는 사실을 알리기 위해 그에게 전화를 걸었다.

"그건 불가능합니다." 그는 단호한 목소리로 말했다.

"내가 해냈다고 했잖소."

"어떻게 한 거죠?"

"그게 뭐가 중요해요?"

"그게 무엇보다 중요합니다."

"종이에다 블록들의 배치도를 그렸어요. 그런 다음에 그 배치도대로 조립했죠."

그가 길게 한숨을 내쉬었다.

"속임수를 쓴 거군요. 블록 세트 게임은 최소한의 정직성, 최소한의 양심을 전제로 한다고 제가 말씀드렸지 않습니까? 그 배치도 없이 다시 시작해보세요. 그러면 해내지 못할 겁니다."

나의 정직성이 그런 식으로 의심받는 것에 화가 난 나는 전화를 끊고 배치도 없이 블록 게임을 다시 해보았다. 그리고 그 결과, 닉클라스의 말이 사실이라는 것을 확인했다.

결과를 예측할 수 없었지만, 어쨌든 나는 너무도 신기한 그 시제품을 그냥 썩히지 않기로 결정했다. 그 발명가와 나는 계약서에 서명을 했다. 나는 블록 세트를 몇 개의 시리즈로 제작하고, 그는 내 공장의 기술자들에게 필요한 모든 정보를 제공한다는 조건이었다. 그렇지만 독특한 구석이 있는 그 제품을 상품화하는 일은 내가 지금까지 사업을 해오면서 도전했던 것 중 가장 복잡하고 까다로운 일에 속했다. 우선, 그 '도저히 있을 수 없는' 제품에 대한 시장조사를 하라고 마케팅 부서에 지시를 내리자, 직원들은 그건 자신들 역량 밖의 일이라며 딱 잘라 거절했다. 그래서 우리는 블록 세트 구입에 관심을 가질 만한 고객이 얼마나 되는지 전혀 파악할 수가 없었다. 그다음으로, 판매 전략이 문제가 되었다. 그 블록 세트를 실내 장식용품점에 진열해야 할 것인가, 아니면 장난감 가게에 진열해야 할 것인가? 가격은 얼마로 책정해야 할 것인가? 이 제품을 어떤 식으로 광고할 것인가? 우리는 별 기대 없이 단골 에이전시에 광고 기획을 부탁하고, 판매에 실패할 경우 쓸모없는 블록 무더기가 반품돼 창고에 쌓이는 불상사가 발생하지 않도록, 우선 몇백 세트 정도만 생산해 시판해보기로 결정했다.

예견했던 대로, 광고 에이전시에서는 광고 문안을 생각해내지 못했다. 우리는 그들을 탓하지 않았다. 아무런 쓸모도 없고 복잡하고 어려운데다 상상도 되지 않는 물건을 사고 싶게 만들 수 있는 건 천재적인 광고 제작자가 아니고서는 불가능할 테니까. 그때, 나의 가장 가까운 조력자들 중 한 명인 피에르 굴드가 기막힌 생각을 해냈다. 유럽 각지에서 최고로 머리가 뛰어난 사람들—논리학자, 수학자, 철학자, 물리학자—에게 무료로 블록 세트를 보내주자는 거였다. 하지만 닉클라스는 자신의 블록 세트가 엘리트들의 즐거움을 위한 게 아니라 대중의 즐거움을 위한 제품이라고 주장하면서 이의를 제기했다. 하지만 피에르 굴드의 제안은 대단히 현명한 아이디어였음이 곧 드러났다. 루뱅 대학의 교수인 미야자와 다케시는 우리가 보내준 블록 세트에 지대한 관심을 보였다. 몇 주일 후, 그는 어떤 권위 있는 과학 전문지에 이 블록 세트에 관한 논문을 실었는데, 그 논문이 커다란 반향을 불러일으켰다. 그래서 거의 즉시 전 세계에서 주문이 쇄도하게 되었다. 모두들 우리의 블록 세트를 갖고 싶어했고, 그 블록 세트가 어떻게 그처럼 놀라운 속성을 갖게 되었는지 알고 싶어했다. 당연히 우리는 황금알을 낳는 거위가 되어가는 그 블록 세트의 제작 방법을 끝까지 비밀에 부쳤다. 몇 주일이 흐르자 그 현상은 지식인들의 범주를 넘어 일반 대중에게까지 퍼져나갔다. 육 개월도 채 안 되어, 이백만 개의 블록 세트가 세계 오대륙으로 팔려나갔다. 우리는 밀려드는 주문량 때문에 생산 라인을 풀가동해야만 했다. 닉클라스의 제안에 따라, 수집가들을 위한 한정판 모델들도 만들었다. 그것들 역시 불티나게 팔려나갔다. 하지만 그건 어느 날 닉클라스가 가져온 새로운 블록 세트들이 나에게 안길 승리에 비하면 아무것도 아니었다.

사실, 블록 세트 II의 최초 견본은 외형이 볼품없었다. 창조의 행복감에 흠뻑 취해 닉클라스가 일주일 만에 만들어냈기 때문에 미학적인 측면까지 고려할 여력이 없었던 것이다. 그는 오전 아홉시경에 지친 표정으로 늘 변함없는 그 가죽 가방을 들고 내 사무실을 찾아왔다. 그 가방 안에서 스무 개가량의 조악하고 축축한 작은 각기둥들(피라미드, 정육면체, 직육면체 등등)이 나왔다. 그것들을 만지는 순간, 내가 익히 알고 있던 블록들과 똑같은 부드러운 감촉이 느껴졌다. 닉클라스는 내게 지친 목소리로 이 최초의 삼차원 블록을 어서 시험해보라고 재촉했다. 나는 일종의 불안정한 아치를 만들기 시작했다. 그리고 완성하고 나서 무너뜨린 후, 다시 똑같은 아치를 만들어보려 했다. 물론 실패였다. 삼 주 후, 우리는 본격적으로 블록 세트 II의 제작에 들어갔다.

그런데 어떤 통탄할 만한 사건이 일어나, 이제는 믿을 수 없을 정도의 규모로 성장한 블록 세트 산업의 역사를 얼룩지게 만들었다. 앙드레 부이스테르라는 벨기에의 한 평범한 남자가 우리의 블록 세트로 동일한 형상을 두 번 연이어 만들어내는 데 성공했다고 주장한 것이다. 그 당시 새로 출시된 삼차원 블록 세트가 엄청난 성공을 거두고 있다는 것을 염두에 둔 언론은 이 사건을 낚아채 대대적으로 보도함으로써 세계적인 반향을 불러일으켰다. 우리 회사 직원들은 모두들 당황하고 불안해했지만, 닉클라스는 조금도 불안한 내색을 하지 않았다.

"그 사람이 거짓말을 하는 겁니다, 확실해요." 전화를 걸어 부이스테르의 신문 인터뷰 기사를 읽어주자 그는 힘차게 단언했다. "블록 세트에는 결함이 없습니다."

"제발, 하느님이 도와주시기를."

"하느님은 필요 없어요. 각각의 블록 세트가 만들어낼 수 있는 형상의 수는 무한합니다. 그리고 어떤 블록 세트도 같은 형상을 두 번 연이어 만들어낼 수 없어요. 그건 상식 그 자체입니다."

우리는 몇 시간 후에 도전장 형식으로 상금까지 내걸고 부이스테르에게 보내는 공개서한을 발표했다. 만일 그가 공개 석상에서 같은 형상을 두 번 연이어 만들어낸다면, 우리의 패배를 법적으로 인정하고 그에게 상당한 금액을 제공하겠다는 내용이었다. 나는 우리가 그런 식으로 그 사람에게 도전하는 것이 엄청난 모험임을 알고 있었다. 하지만 회사가 내놓은 주력 제품에 대해 자신감 없는 모습을 보일 수는 없었다. 긴 협상이 뒤따랐다. 그 과정에서 부이스테르는 도전의 순간을 여러 번 연기했다. 텔레비전에 나와 호언장담하던 것과는 달리 자신의 말을 실제로 증명하려는 열의가 거의 없는 것으로 보아, 그는 세상 사람들의 관심을 끌고 싶어하는 허풍쟁이에 지나지 않는 게 분명했다. 하지만 나는 브뤼셀에서 열린 그의 공개 시연이 완전한 실패로 끝나고 그 결과가 세상 사람들에게 엄청난 반향을 불러일으키고 나서야 비로소 완전히 안심할 수 있었다. 그 시연 과정은 전 세계에 텔레비전으로 중계방송되었다. 나는 현장에 있고 싶지 않아서 내 사무실에서 측근들과 함께 텔레비전으로 그 광경을 지켜보았다. 자신의 발명품이 절대로 두 번 연이어 동일한 형상을 만들어낼 수 없다고 확신했던 닉클라스는 처음부터 그 사건에 전혀 관심을 보이지 않았다.

부이스테르의 시연은 거의 두 시간 동안 계속되었다. 부이스테르는 주최 측으로부터 스무 개의 블록이 들어 있는 고전적인 이차원 블록 세트를 건네받았다. 우리 공장 소속의 기술자가 현장에서 면밀하게 검사하여 그것이 우리 회사의 정품 블록 세트임이 분명하다는 것을 확인했다. 그 후에 부이스테르는 하나의 형상을 만들었다. 법원에서 파견된 집행관이 세 각도에서 형상의 사진을 찍고 난 뒤에 부이스테르가 그 형상을 완전히 허물고 다시 복원하기 시작했다. 그의 동작들은 슬로비디오를 보는 것처럼 느릿느릿하고 연극적이었다. 그의 태도는 사람들을 짜증나게 했다. 하지만 한 시간 후, 그가 극도로 긴장하고 있다는 것이 확연히 드러나기 시작했다. 그가 여러 번 실패하자 객석이 술렁거렸다. 마치 영원히 계속되는 것 같아 보이던 시간이 흐른 후에, 그는 마침내 포기했다. 그는 화가 나서 블록들을 바닥에 집어던지고는, 만족스러워하는 관객들의 야유를 받으며 무대 뒤로 달아났다. 우리는 실로 엄청난 안도감을 느꼈다. 그날 저녁, 회사 전체에 샴페인이 넘쳐흘렀다. 그리고 이튿날, 삼차원 블록 세트의 매상고가 기록을 경신했다. 닉클라스는 나를 부자로 만들어주었고, 나는 그를 유명 인사로 만들어주었다. 그의 블록들은 하나의 진정한 사회현상, 우리 시대 최고의 인기 상품이 되었다. 하지만 그는 벌써부터 미래를 준비하고 있다. 현재 그는 다른 시제품을 마지막으로 손보고 있다. 그리고 몇 주일 후에 오직 내 앞에서 그 제품을 시연하겠노라 약속했다. **사차원** 블록 세트. 나는 그게 말도 안 되는 소리라는 것을 잘 알고 있지만, 그래도 잔뜩 기대를 하고 있다.

카탈로그 내용 소개

정육면체

정육면체들은 용기容器인 동시에 내용물이다. 원형原型 정육면체는 내부가 비어 있고 투명하며 줄무늬가 새겨져 있다. 그리고 그 안에 일정한 수의 불투명 정육면체들을 가득 채울 수 있다. 원형 정육면체의 내부를 비우는 것은 그 정육면체 자체를 허물어뜨리는 것을 의미한다. 불투명 정육면체들의 수는 언제나 동일하며, 원형 정육면체의 부피는 변하지 않는다. 하지만 원형 정육면체 안에 불투명 정육면체들을 다시 채워넣는 것은 불가능하다. 다시 채워넣게 되면 모델들에 따라, 언제나 여분의 정육면체(확대하는 정육면체들) 또는 모자라는 정육면체(축소하는 정육면체들)가 하나씩 있게 마련이다. 확대하는 정육면체로 작업을 반복하면, 불투명한 정육면체들을 무한히 손에 넣을 수 있다. 반면 축소하는 정육면체의 불투명한 정육면체들은 일정한 수가 줄어들고 난 뒤 완전히 사라진다.

얇은 판

얇은 판들은 그 단면이 존재하지 않을 정도로 정말 얇다. 이것들은 유리나 벽에 달라붙어 있으면 그 불투명한 모습이 분명하게 눈에 보인다. 하지만 바닥에 올려놓고 바닥과 평행한 위치에서 바라보면 전혀 보이지 않게 된다. 그래서 각기 다른 장소에 있는 두 명의 관찰자는 얇은 판이 존재한다고도, 존재하지 않는다고도 주장할 수 있을 것이다. 그 얇은 판 위에 어떤 물체를 떨어뜨리면, 높은 곳에서 얇은 판을 내려다보는 사람의 눈에는 그 물체가 그 판에 부딪치는 모습으로 보일 것이고, 반면 그 판의 단면 높이에 위치한 사람의 눈에는 얇은 판 위로 떨어뜨린 물체가 그 판을 관통하는 모습처럼 보일 것이다. 얇은 판들은 수없이 접어도 변함없이 얇기 때문에 오직 그 앞면과 뒷면만 존재한다고 할 수 있을 정도다. 얇은 판을 만지면 형언할 수 없이 기분 좋은 감촉이 느껴진다. 얇은 판들은 열두 가지 빛깔을 띤다.

구슬

구슬들은 두 가지 상태, 즉 부동성과 유동성을 갖고 있다. 한 번 움직이면 그걸 되돌릴 수 없다. 구슬들은 작은 상자 안에 담겨 원상태로 제공된다. 유동 상태로의 이행은 의도적인 충격을 통해 행해진다. 그렇게 되면 구슬들은 끊임없이 이동하게 된다. 평면 위에 서라면 구슬들은 어떤 저항도 받지 않는다. 경사면에서도 빨라지지 않는다. 경사면에서는 그 기울기에 따라 속도를 늦추고 계속 나아가거나 아니면 나아가지 않고 제자리에서 회전한다. 얼마나 강한 충격을 의도적으로 가하느냐에 따라 구슬들의 이동 속도가 결정된다. 각각의 구슬은 솜을 넣고 누벼 방음 처리를 한 원형 상자와 함께 배달되는데, 그 구슬을 거기에 담아 조용히 움직이게 하기 위해서이다.

내 집 담벼락 속에

DANS MON MUR

나는 몽마르트르에 있는 작은 집을 한 채 샀다. 사람이 살지 않고 방치되어 있던 그 집은 사방으로 정원이 빙 둘러싸고 있었고, 정원은 다시 묵직한 돌로 만든 담장으로 둘러싸여 있었다. 지붕 꼭대기에는 녹슨 풍향계가 달린 근사한 굴뚝도 있었다. 나는 아침마다 환한 햇살을 받으며 눈을 뜨기 위해 동쪽으로 창문이 나 있는 큰 방을 침실로 사용하기로 했다. 하지만 이사를 오고 사흘째 되던 날부터 바깥에서 들려오는 어떤 이상한 소리 때문에 제대로 잠을 잘 수가 없었다. 나는 창을 열고 덧문 틈 사이로 그 소리가 어디서 나는 건지 알아보려 했지만 도무지 알 수가 없었다. "누구요?" 나는 큰 소리로 외쳤다. 그 소리는 즉시 멈추었지만, 대답하는 이는 아무도 없었다. 나는 잠시 기다렸다가 다시 자러 갔다. 하지만 얼마 지나지 않아 다시 신경을 거스르는 소리가 들리기 시작했다. 뭔가를 긁어대는 소리, 뭔가를 대여섯 번 연이어 두드리는 둔탁한 소리. 금속이 부딪치는 것 같은 이상한 소리 들. 아주 시끄럽지는 않았지만 잠을 방해하기에는 충분한 소리들이었다. 짜증이 난 나는 다시 일어나 창으로 가 냅다 고함을 질렀다. 소리가 멈추고, 곧이어 누군가 급히 달아나는 듯한 소리가 들렸다. 그러고 나서야 나는 평온하게 잠이 들 수 있었다.

하지만 그 후로 매일 밤 똑같은 일이 벌어졌다. 새벽 한시경, 어디서 굴러먹었는지 모를 개뼈다귀 같은 작자가 내 집 아주 가까이, 담장 너머에서 뭔지 모를 수상한 짓거리를 하기 시작했다. 침대에 누워 잠을 청하던 나는 자리에서 벌떡 일어나 창밖으로 몸을 내밀고 그자를 향해 온갖 공갈 협박을 퍼부었다. 그러자 그자가 마침내 달아났다. 나는 새벽 한시가 넘은 야심한 시각에 그가 노르뱅 가*의 보도에서 도대체 무슨 짓을 하고 있었던 건지 궁금했고, 다른 한편으로는 한밤중에 그가 그렇게 찾아오는 것 때문에 은근히 불안해지기 시작했다. 그래서 나는 현장에서 그를 붙잡아 겁을 주기로 마음먹었다. 어느 날 밤, 나는 집 안의 전등불을 하나도 빠짐없이 껐다. 내가 집에 없거나 자고 있는 것처럼 보이게 하기 위해서였다. 그러고 나서 몽둥이를 들고 정원의 쪽문에서 몇 미터 떨어진 덤불 뒤에 숨어 있었다. 그 이상한 사내는 여느 때처럼 생피에

---

* 몽마르트르의 노르뱅 가에 있는 마르셀 에메 광장에는 『벽으로 드나드는 남자』의 작가 마르셀 에메를 기리기 위한 '벽으로 드나드는 에메 상'이 세워져 있다.

르 성당의 종이 한시를 울리기 직전에 도착했다. 나는 탁탁거리는 그의 독특한 발소리, 아스팔트 위에 연장통 내려놓는 소리를 들었다. 그리고 이내 뭔가를 긁어대는 소리가 들리기 시작했다. 예감은 정확했다. 나의 잠을 방해하는 그 훼방꾼은 내 집 담벼락을 정말로 긁어대고 있었다. 바로 그때, 그가 집 안으로 넘어오려는 듯 훌쩍 뛰어오르더니 담장 위에 걸터앉았다. 더이상 의심의 여지가 없었다. 그자가 내 집 정원 안으로 들어오려 하고 있었다. 나는 숨어 있던 곳에서 번개처럼 뛰쳐나가, 그의 바짓가랑이를 힘껏 잡아당겨 그를 정원 바닥에 떨어뜨렸다. 내가 몽둥이를 높이 치켜들고 두들겨 패려는 순간, 그자가 공포에 떠는 목소리로 자비를 구했다.

"때리지 마세요! 전부 설명해드릴게요!"

그는 나쁜 사람 같아 보이지는 않았다. 그래서 나는 경계를 늦추지 않으면서 그가 자초지종을 털어놓을 수 있게 해주었다. 그는 벗겨진 안경을 주워 쓰고 나서 자기 이름이 뒤티윌이라고 말했다. 며칠 전부터 밤마다 나를 성가시게 해서 정말 미안하지만, 자기가 전념하고 있는 실험들을 미룰 수 없었다고 말했다. 그리고 자신이 과학적인 근거를 가지고 그런 행동을 하고 있음을 증명하기 위해, 주머니를 뒤지더니 작은 플라스틱 병들을 꺼내 내 코앞에 대고 흔들었다. 나는 어두워서 병 속에 든 것이 무엇인지 알아볼 수 없었다.

"그런데 당신은 그 실험이란 걸 꼭 우리 집 창문 아래에서 해야만 합니까?" 나는 화가 나서 말했다.

"예."

어안이 벙벙해진 나는 그 이유를 말해달라고 했다. 그의 대답을 나는 평생 잊지 못할 것이다.

"제 종조부님께서 이 집 담벼락 속에 갇혀 계십니다. 제 종조부 뒤티월 씨가요."

"우리 집 담벼락 속에요?"

그렇게 해서 뒤티월은 자기 종조부의 파란만장한 인생을 나에게 들려주었다. '벽으로 드나드는 남자'인 종조부의 도둑질과 부정한 사랑에 종지부를 찍은 그 비극적인 사건에 대해. 등기청 직원이었던 그의 종조부는 거의 육십 년 전부터 내 집 담벼락에 갇힌 채 간신히 생명을 유지해오고 있으며, 지금 내가 사는 이 집은 아주 오래전에 그 종조부가 사랑했던 젊은 금발 여인이 살던 집이었다고 했다. 믿기지 않는 이야기였다. 그런 내막을 알게 된 종손자 뒤티월은 종조부를 거기서 꺼내주어야겠다고 생각하게 되었다. 그는 오르샹 가의 아파트를 처분한 후 먼 친척 여자가 보관하고 있던 그 행불자의 신상 자료를 몇 주일 동안 뒤진 끝에, 종조부 뒤티월이 자신의 이상한 병을 치료하기 위해 동네 의사에게서 받은 처방전을 찾아냈다. 사실 그 처방전은 종조부의 병만큼이나 이상하기 그지없었다. '4가四價 피레트 분粉 정제'를 일 년에 두 알씩 복용할 것. 수많은 약국을 찾아다녀보았지만, 그게 정확히 무슨 약인지 그에게 설명해줄 수 있는 약사는 한 명도 없었다. 그렇지만 그는 낙심하지 않고, 종조부 뒤티월을 돌의 감옥에서 구해낼 수 있는 약을 자기 손으로 직접 찾아내기 위해 화학과 친해지기로 마음먹었다. 그래서 그는 이 년이 넘도록 쉬지 않고 전문 서적들을 열심히 공부했고, 조그만 개인 실험실까지 마련해가며 연구를 했다. 자신이 원하는 목표에 곧 다다르게 될 것임을 직감한 그는 종조부를 감옥 같은 담벼락으로부터 탈출시키기 위한 프로젝트의 마지막 단계인 **현장** 실험에 돌입하기로 결심했다.

처음에 나는 그의 말을 도저히 믿을 수가 없었고, 그래서 머리가 살짝 돈 사람이라고 생각했다. 그러나 그가 하는 이야기의 명확성과 이야기 과정에 수없이 등장하는 과학적이고 논리적인 세부 묘사들이 나의 의심을 무장해제시켰다. 불과 며칠 만에 나는 그의 무모한 모험에 열정적으로 빨려들어가게 되었다. 우리는 벽을 따라 편리하게 이용할 수 있도록 건축용 발판을 임대해 설치했다. 나는 종손자 뒤티월이 내 집과 정원을 그가 원할 때 언제라도 들락거릴 수 있게 해주었고, 등기청에 출근해 일을 하다가도 틈만 나면 그에게로 달려가보곤 했다. 그는 매일같이 새로운 해결 방안들을 가져와 담벼락에 조심스럽게 시도했다. 우리는 잔뜩 긴장한 채로, 그 새로운 방법들이 일으키는 기포와 연기를 주의 깊게 살펴보곤 했다. 그러나 안타깝게도 벽으로 드나드는 남자는 전혀 반응을 보이지 않았다. 우리는 매번 실의에 빠졌고, 그래서 때때로 집 전체를 커다란 수족관에 까는 조약돌로 만들어버리고 싶은 충동이 일기도 했다. 하지만 피로와 낙담에도 불구하고, 우리는 포기하지 않고 실험을 계속해나갔다.

우리가 벽에 새로운 화합물을 분사한 어느 날, 종손자 뒤티윌이 갑자기 깊은 절망감에 빠졌다. 그는 손에 들고 있던 마이크로피펫들을 정원 덤불 속에 집어던지고는 바닥에 풀썩 주저앉았다.

"우린 절대로 성공하지 못할 거예요." 그가 탄식하듯 말했다. "이렇게 죽기 살기로 해봤자 아무 소용없어요! 종조부님이 이 돌 속에 박힌 지 육십 년이 넘었어요. 우리 같은 아마추어들은 할아버지를 꺼낼 수 없어요."

나는 그를 위로하려 했지만, 사실 나도 거의 같은 생각을 하고 있었다. 좀 처진 분위기를 띄우기 위해, 나는 지하실로 내려가 포도주를 한 병 가지고 왔다. 우리는 정원 풀밭에 누워 포도주를 마셨다. 해가 빛을 발하면서 지면을 따뜻하게 데우고 있었다. 기분이 아주 좋아졌다. 한 병을 더 마시고 나서 우리는 우리 자신을 마음껏 조롱하며 즐거운 취기에 빠져들었다.

"무너진 베를린장벽에 가보면 어떨까?"

"만리장성 속에 박혀 있는 노자를 찾으러 가보는 것도 좋지."

바로 그때, 멀리서 희미하게 울리는 듯한 약간 쉰 목소리가 들려왔다.

"어이 거기, 끝까지 해보지도 않고 쉽게 포기하는 이 게으름뱅이 둔탱이들아!"

그 말에 우리는 어안이 벙벙해졌고, 납처럼 무거운 침묵 속에서 서로의 얼굴만 빤히 쳐다보았다.

"환청이야." 마침내 종손자 뒤티윌이 말했다.

우리는 마치 그 망할 담벼락이 우리를 미치광이로 만들고 있다
는 사실을 깨닫기라도 한 듯 가벼운 불안을 느끼며 다시 수다를 떨
기 시작했다. 그런데 좀 전의 그 목소리가 다시 들려왔다. 이번에
는 훨씬 더 또렷하게.

"어이 거기, 끝까지 해보지도 않고 쉽게 포기하는 이 게으름뱅
이 둔탱이들아!"

고개를 든 우리는 사냥한 동물의 머리를 박제해 걸어놓은 것처
럼 벽에서 툭 튀어나와 있는 종조부 뒤티윌의 머리를 발견하고 기
겁했다.

처음 그 환희에 찬 순간이 지나고 나서 우리는 종조부 뒤티윌에
게 그가 벽에 갇혀 있던 세월 동안 일어난 일들과 그가 현재, 그러
니까 더이상 그의 시대가 아닌 시대에 더이상 그 여자의 집이 아닌
내 집 담벼락 속에서 지내왔다는 것을 설명해주기 시작했다. 돌은
그를 아주 완벽하게 보존해주었고, 그래서 그는 벽에 갇히게 된 마
흔세 살 때 모습 그대로였다. 그는 우리가 하는 이야기를 주의 깊
게 듣고 나서, 자기가 본의 아니게 벽에 갇힐 정도로 사랑했던 그
여자는 어떻게 되었으며, 벽에 갇히고 처음 몇 년 동안 자신에게
기타 연주를 들려주러 오던 화가 글렌 폴은 또 어떻게 되었는지 물
었다. 그 여자는 아주 오래전에 죽었고, 글렌 폴은 일흔 살까지 파
란만장한 삶을 살다가 베르트 가의 지붕 밑 다락방에서 쓸쓸히 세
상을 떠났다.

"사는 게 다 그렇지 뭐." 소생한 사람이 달관한 도인처럼 결론을 지었다.

종손자 뒤티윌의 아파트는 손님을 맞아들이기에는 너무 비좁았다. 그래서 나는 종조부 뒤티윌을 당분간 내 집의 손님방에서 지내게 했다. 그는 의외로 아주 조용하고 상냥한 사람이었다. 그는 신문을 읽거나 옛날에 취미로 하던 우표 수집에 다시 몰두했다. 내가 등기청에서 돌아오면, 그와 나는 우표 수집과 그날의 뉴스들에 대해 이런저런 이야기를 나누었다.

"그런데 자네는 답장을 쓸 때 어떤 식으로 첫 문장을 시작하나?" 어느 날 저녁, 내가 직장에서 어떤 일들을 하는지 말해주자 그가 물었다.

"글쎄요." 나는 당황스러워하며 대답했다. "아주 간단한 문구로 시작하죠. '귀하의 편지를 받고 답장을 드립니다……' 이런 식으로 말입니다."

그는 나에게 아무런 설명도 없이 우울하게 한숨을 내쉬었다.

그런데 얼마 지나지 않아 종조부 뒤티윌은 신문에 싫증을 내더니, 파리가 어떻게 변했는지 궁금하다며 파리 시내를 산책하고 싶다고 했다. 혹시 그의 옛날 버릇이 도지는 건 아닌가 걱정이 된 나는 신중을 기하기 위해 그의 종손자를 불러 그를 따라다니게 했다. 종조부 뒤티윌은 다른 모든 사람처럼 문을 이용하려 노력했지만 여전히 하루에 몇 번씩 자기도 모르게 벽으로 드나들었고, 따라서 은행의 금고 속이나 어느 보석 가게의 내실에서 그를 발견하게 되는 일이 일어나지 않으리라는 보장이 없었기 때문이다. 하지만 그는 모든 유혹을 이겨냈고, 이에 안도감을 느낀 그의 수행원은 곧 그를 혼자 산책하도록 내버려두었다.

그런 식으로 나는 그와 몇 달을 함께 지냈다. 그리고 우리는 아주 빠르게 우정을 쌓아갔다. 종조부 뒤티욀은 끊임없이 놀라워하면서 새로운 세상을 발견해나갔다. 나는 그에게 텔레비전, 도로, 컴퓨터, 사회보장제도, 핵 확산 억제에 대해 설명을 해주어야 했다. 벽으로 드나드는 그 남자는 엄청난 의욕을 보이며 반세기가 넘는 역사를 따라잡고 현대의 사고방식들을 배우려 애썼다. 처음에 그는 열광에 가득 찬 모습이었다. 그가 벽에 갇히는 사고를 당한 이후로 문명이 편력해온 길은 그의 감탄을 자아냈다. 하지만 몇 주일이 흐르면서 그는 자신도 그 원인을 규정하지 못하는 일종의 우울증에 알게 모르게 사로잡혀 있는 것 같았다. 나는 최선을 다해 그의 기분을 되돌려보려 했지만, 그의 상태는 점점 악화되었다. 어느 날 저녁, 우리가 그의 종손자와 함께 저녁식사를 하고 있을 때, 그는 마침내 우리에게 자신의 혼란스러운 심정을 털어놓았다. 21세기는 그의 신경을 거슬렀다. 우리가 구체적으로 말해달라고 하자, 그는 긴 연설을 시작했다. 우리가 기억하는 바에 따르면, 그 두서없는 연설 내용은 대략 다음과 같다. 벽으로 드나드는 그 남자는 더이상 숨길 게 아무것도 없는 세상에서는 편안한 느낌을 가질 수가 없고, 따라서 이제 벽으로 드나드는 것에 아무런 흥미도 느낄 수 없다. 곳곳에 텔레비전이 있고, 집에도 카메라들이 있다. 촬영될 기회를 얻지 못한 사람들은 자신들의 일상을 남에게 들려주기 위해 책을 쓴다. 남자들과 여자들은 걸핏하면 자신들의 은밀한 모습을 만천하에 드러내기 때문에, 이제 더이상 그들의 침실로 몰래 들어갈 필요가 없다. 이제 사생활은 소멸 위기에 처한 개념이다. 그래서 뒤티윌의 능력은 이제 그에게 아무런 소용이 없다. 문명화된 세상의 마지막 성벽은 텔레비전의 화면이며, 거기에 은밀함이라고는 찾아볼 수 없다.

자신의 능력이 아무 쓸모가 없다는 것을 알게 된 종조부 뒤티윌은 신경쇠약에 걸렸다. 종손자 뒤티윌과 나는 그의 상태가 악화되어가는 것을 무력하게 보고만 있었다. 아주 좋은 친구였던 그는 이제 자신의 감정을 밖으로 잘 드러내지 않으면서 침울하고 폐쇄적인 태도를 보였다. 그는 불길한 농담들을 끊임없이 던졌고, 턱수염도 밀어버렸다.

"아저씨가 자살을 시도할 수도 있을 것 같아." 어느 날 나는 그의 종손자에게 털어놓았다.

"정말?"

"이제 방에서 거의 나오지도 않아."

"옛날에는 할아버지를 감방에 단 하룻밤도 가둬놓을 수 없었는데……"

어느 일요일, 느닷없이 비극적인 사건이 터졌다. 그날 아침, 종조부 뒤티윌은 비교적 상쾌한 기분으로 눈을 떴다. 그는 오전 내내 입가에 미소를 머금고 있었고, 날씨가 화창하다며 즐거워했다. 그래서 우리는 파리 시내를 오랫동안 산책하기로 했다. 나는 종손자 뒤티윌에게 전화를 걸어 우리와 함께 가자고 했다.

"아저씨 상태가 좋아졌어." 나는 낮은 목소리로 종손자 뒤티윌에게 말했다.

우리는 노르뱅 가를 걸어내려가 테르트르 광장을 향해 갔다. 종조부 뒤티윌은 사크레쾨르 성당을 눈길 한 번 안 주고 지나쳐 생피에르 광장까지 계단을 뛰어내려가면서 우리를 즐겁게 해주었다. 거기서 우리는 파리 9구를 완전히 가로질러가, 루브르 박물관에서 멀지 않은 곳까지 다다랐다. 그러고 나서 마레 지구와 노트르담 대성당 부근의 센 강을 건너갔다. 그가 아주 즐거워했기 때문에 우리는 무척이나 기분이 좋았다. 마침내 우리는 파리 5구에 다다랐다. 그곳은 내가 파리에서 가장 좋아하는 구역 중 하나였다. 팡테옹 광장에 다다랐을 때, 거대한 건물의 계단 앞에서 종조부 뒤티윌의 표정이 확 변했다. 유쾌하게 미소를 짓고 있던 그가 돌연 진지하고 숙연해졌다. 그는 심각한 목소리로 조심스레 말을 꺼내면서, 자기가 중대한 결정을 내렸다고 우리에게 알렸다. 나는 이 시대에 제대로 적응하지 못한다, 그 사실은 너희도 잘 알고 있을 것이다. 그래서 나는 필요 불가결한 조치를 지체 없이 취할 수밖에 없다, 대략 이런 요지였다.

"걱정하지 마, 금방 괜찮아질 테니까." 그는 이렇게 말하면서 멀어져갔다.

그는 광장을 가로질러 수플로 가 방향의 길목에서 멈춰 서더니, 몸을 돌려 팡테옹 사원을 마주보았다. 그러고는 갑자기 달려가 계단을 성큼성큼 뛰어오르더니 마치 버터 속으로 들어가듯 사원 중앙 원형 기둥 속으로 쑥 들어갔다.

"맙소사!" 종손자 뒤티월이 정신 나간 사람처럼 외쳤다. "할아버지!"

우리는 그 충격의 장소로 급히 달려가, 기둥을 있는 힘껏 두드려 댔다.

"할아버지!" 그의 종손자가 외쳤다. "할아버지! 당장 거기서 나오세요!"

둔탁한 목소리가 들려왔다.

"날 가만 내버려둬. 난 여기 있을 거야. 이 속에 머물러 있을 거야."

"어린애처럼 굴지 마세요, 제발. 돌아오세요!"

"너희들의 세상은 나한테 맞지 않아. 난 여기서 그냥 풍문이나 들으며 살 거야. 그걸로 충분해."

종손자의 간절한 애원에도 불구하고, 종조부 뒤티월은 기둥에서 나오기를 거부했다. 지금도 그는 돌과 하나가 된 채 그 기둥 안에서 살고 있다. 파리의 소음이 가라앉은 시각에 그 광장을 지나가는 야행성 인간들은 어떤 짓눌린 목소리를 듣는다. 그들은 그 소리가 생트주느비에브 교차로에서 부는 바람의 탄식이라고 생각한다. 하지만 그것은 현대사회를 비웃고 자신의 잃어버린 사랑들을 슬퍼하는 가루가루* 뒤티월의 목소리다. 겨울밤이면 그의 종손자와 나는 그에게 안부를 묻기 위해 위험을 무릅쓰고 그 한적한 광장을 찾아가기도 한다. 그리고 간혹, 그가 노르뱅 가의 내 집 담벼락 속에서 탄식하고 있었을 때 글렌 폴이 그에게 연주해주던 향수 어린 곡조를 기타로 들려주기도 한다.

---

*『벽으로 드나드는 남자』에서 주인공 뒤티월이 도둑으로 활동할 때 사용했던 가명. 늑대인간을 의미한다.

끝없는 도시

LA VILLE À L'INFINI

나는 이탈리아 어느 도시, 땡볕이 뜨겁게 내리쬐는 한적한 광장한 귀퉁이에 위치한 법원 계단에서 그 남자를 만났다. 그날 내가그 계단을 찾은 것은, 특별히 가야 할 이유가 있어서가 아니라 그곳이 그나마 약간의 그늘이라도 찾을 수 있는 유일한 장소였기 때문이다. 8월의 어느 일요일, 푹푹 찌는 더위에 그가 거기서 혼자무엇을 하고 있었는지는 알 수 없다. 그리고 나 역시 아는 사람이라고는 한 명도 없는 그곳에 무엇 때문에 갔던 건지 이제는 잘 기억나지 않는다. 처음에 우리는 서로 몇 미터 간격을 유지하면서 각각 네번째 계단과 위에서 두번째 계단에 말없이 앉아 있었다. 우리뒤쪽으로는 법원 건물의 굵다란 기둥들이 하늘을 향해 솟아올라있었다. 그리고 앞쪽에는, 그 광장의 하얀 돌이 햇살을 반사하며 강렬한 빛을 터뜨리고 있었다. 광장을 둘러싸고 있는 집들의 덧문은 하나같이 완전히 닫혀 있었다. 마치 내가 멀리 떨어진 곳에 있는 동안 도시 전체가 향연을 벌인 후 달콤한 잠에 곯아떨어진 것처럼 쥐 죽은 듯 고요했다. 먼저 입을 연 건 나였다. 아주 비슷한 상황 속에서 각기 혼자, 그것도 지척에 앉아 있으면서 서로 말 한마디 나누지 않는 게 왠지 이상하다는 생각이 들어서였다. 그는 완벽한 프랑스어로 내게 대답했다. 그렇지만 어디 출신인지 분간하기는 힘든 억양이었다. 우리는 재미없는 몇몇 화젯거리들을 주고받고 나서 다시 침묵했다. 대화는 다시 이어질 것 같지 않았다. 그런데 그가 갑자기 여기서 멀지 않은 곳에서 물을 뿜고 있는 하얀 분수를 아느냐고 물었다. 내가 모른다고 대답하자, 그는 자리에서 일어나더니 자기를 따라오라고 했다. 우리는 광장을 벗어나 광장으로부터 뻗어나간 세 개의 골목길 중 하나로 들어섰다. 왔던 길로 되돌아가고 있나 싶을 정도로 아주 비슷한 길들로 접어들면서 몇 분 정도 걸은 후, 우리는 그가 말한 분수 앞에 다다랐다. 분수 한가운데에, 도시 곳곳에서 볼 수 있는 것과 똑같이 생긴 하얀 돌을 다듬어 만든 텅 빈 시선의 아름다운 여인상이 서 있었고, 그 여인상의 한데 모은 손 사이에서 맑은 물줄기가 뿜어져나와 그녀의 발치에 놓인 타원형 수반 속으로 흘러내리고 있었다.

"이 물은 마셔도 돼요." 남자가 물 쪽으로 고개를 숙이고는 듣기 싫은 소리를 내면서 입술 끝으로 물을 빨아들이며 말했다.

나는 그를 따라 물에 입을 댔다가, 그 물이 거의 얼음처럼 차갑다는 사실에 깜짝 놀랐다. 하지만 곧 옷이 젖는 것도 아랑곳하지 않고 그 물로 얼굴을 축였다.

"이 도시에는 이런 분수가 몇만 개나 있어요." 남자가 다시 말했다. "그런데 나는 왠지 이 분수가 제일 마음에 들어요."

나는 그가 농담을 하는 거라고 생각했기 때문에 그가 방금 말한 그 터무니없는 숫자를 물고 늘어지지 않았다. 우리는 더위에 짓눌린 한적한 골목길들을 가로지르며 산책을 계속했다. 함께 걷는 동안 내가 그에게 무슨 말을 했는지 지금은 기억나지 않는다. 하지만 내가 낭트에 살고 있다고 말한 후 그에게 어디 출신이냐고 물었을 때 그가 뭐라고 대답했는지는 토씨 하나 빠뜨리지 않고 똑똑히 기억하고 있다.

"난 여기 살아요. 이 도시에. 그러니까 우린 이웃사촌이나 마찬가지죠."

내가 얼마나 놀랐을지 여러분도 알아차렸을 것이다. 나는 그의 수상쩍은 대답을 그냥 지나치지 않고, 그 수수께끼 같은 말에 내가 어리둥절해하는 동시에 재미있어한다는 것을 알아주길 바라는 마음에서, 미소를 띤 채 그에게 좀더 자세하게 설명해달라고 간청했다.

"내 고향은 이 도시예요." 그는 잠시 침묵한 후에 말했다. "이 도시는 다른 모든 도시이기도 하죠. 하지만 이 세상에서 그 사실을 아는 사람은 몇 명 안 되는 것 같더군요. 나는 이 도시를 한 번도 벗어난 적이 없답니다. 이 도시는 끝이 없으니까요. 또한 나는 이 도시를 한 번도 지루해한 적이 없습니다. 이 도시는 무한하니까요. 나는 이 도시를 끊임없이 새로 발견하고 또 발견합니다. 어떤 구역들은 잊어버리고, 어떤 구역들은 처음 가보고, 때로는 나를 피하려고 지도 위에서 미끄러져 달아나는 것 같은 장소들을 헛되이 찾아다니면서 말이지요."

그의 이야기는 뜬구름 잡는 소리처럼 들렸다. 그래서 나는 그에게 또다른 질문들을 했지만 그는 더이상 대답하지 않으려 했다. 우리는 다시 얼마 동안 걸었다. 이윽고 인적이 없는 길과 그렇지 않은 길로 나뉘는 길목에 이르렀을 때, 그는 이제 각자 다른 길로 가자고 말했다. 자기는 인적 없는 길로 갈 테니, 나는 그렇지 않은 길로 가라는 거였다. 나는 왜 그래야 하느냐고 물었다. 그가 설명하기를, 낭트는 그가 나에게 가라고 한 길 끝에 있고, 그가 가려는 곳은 그가 접어들려는 길 끝에 있기 때문이라고 했다. 나는 더이상 캐묻지 않았다. 우리는 서로 인사를 나누고 나서, 그와 나의 만남이 우연이었던 것처럼 헤어질 때도 우연히 헤어졌다. 나는 앞서 말한 그 길로 접어들었다. 그 길은 아주 길었다. 그리고 마침내 길 끝에 이르렀을 때, 나는 낭트가 아니라, 정말 놀랍게도 내가 이틀 전에 계약한 하숙집을 발견했다.

몇 달 후 나는 낭트에서 그 남자를 다시 만났다. 아니, 내가 그를 다시 만났다기보다는 그가 나를 다시 만났다고 해야 할 것이다. 내가 어떤 공원의 산울타리를 따라 걷고 있을 때 그가 불쑥 내 앞에 나타나 손을 내밀었으니까. 그가 나에게 이탈리아에서 함께 산책했던 일을 상기시키고 나서야 비로소 나는 그의 얼굴과 그와의 첫 만남, 그리고 그 도시에 관해 그가 했던 이상한 말들을 기억할 수 있었다.

"그래서 지금은 낭트를 여행하고 계시는군요." 내가 말했다.

"**여행**을 하고 있는 게 아닙니다." 그가 대답했다. "나는 절대로 여행을 하지 않으니까요. 전에도 말씀드렸지만, 나는 계속 낭트에 살았습니다."

"아니, 그때 말씀하기로는, 우리가 만났던 그 도시에 살고 있다고 하지 않았습니까." 나는 그가 비밀을 털어놓게 만들 심산으로 화를 내는 척하면서 이의를 제기했다.

"그건 똑같은 겁니다. 날 따라오세요."

그는 우리가 서 있던 곳과 직각을 이루는 길로 빠르게 휩쓸려들어갔다. 호기심이 발동한 나는, 내가 손바닥 들여다보듯 훤히 꿰고 있는 이 도시에서 그를 놓쳐 길을 잃어버리는 일은 절대로 없을 거라 생각하면서 그를 따라 그 길로 들어섰다. 우리는 이탈리아의 도시에서 그랬던 것처럼 함께 걷다가 다른 길로 접어들었다. 하지만 그때와는 산책의 수준이 완전히 달랐다. 처음에는 십 분, 그다음에는 십오 분, 그리고 그다음에는 삼십 분 동안 계속 걷다가 휴식을 취하는 식이었으니까. 그렇게 우리는 조금씩 중심에서 멀어져 후미진 구역들로 나아갔다. 걸음을 멈추고 쉴 때마다 나는 우리가 어떤 지점에 무사히 다다랐다고 생각했고, 그러면 그는 지체할 새 없이 같은 말을 되풀이하면서 또다시 출발했다. "날 따라오세요." 그렇게 해서 우리는 마침내 내가 전혀 모르는 낯선 길들로 접어들게 되었다. 게다가 우리가 현재 어디에 있는 건지 알려주는 표지판도 없었다. 갑자기 그가 우뚝 멈춰 섰다. 나는 벌써 숨을 헐떡이고 있었지만 그는 조금도 숨이 차지 않은 것 같았다. 나보다 그가 더 나이 들어 보였는데도. 키 작은 금발 여자가 우리 옆을 지나가자, 그는 정중한 몸짓으로 그 여자를 멈춰 세웠다.

"실례지만, 여기가 어딘가요?" 그가 물었다.

여자는 알아듣지 못한 것 같았고, 그래서 미안하다는 표정을 지었다. 내 동행자가 의기양양한 얼굴로 내 쪽을 돌아보며 말했다.

"런던이에요."

그는 방금 전의 질문을 영어로 되풀이하고는 여자에게서 자기가 기다리던 대답을 얻어냈다. 그는 열에 들뜬 목소리로 고맙다고 말하고는 나에게 만족스러운 눈짓을 보낸 뒤 다시 길을 걷기 시작했다.

"이 도시 안으로 너무 깊이 들어가지는 맙시다." 그는 계속 걸으면서 말했다. "너무 많은 걸 한꺼번에 구경할 필요는 없으니까요. 적어도 지금 여기가 런던이라는 걸 아시겠지만, 정말 원하신다면 혼자 힘으로 직접 여기가 런던이라는 것을 알아내보시죠."

주변의 소음으로 미루어 나는 우리가 그 도시의 중심지에 가까워지고 있다는 것을 알아차렸다. 나는 입을 다문 채 바쁘게 걸어가고 있는 사람들을 마주 지나치면서, 그들이 정말로 낭트 사람들이 아닌 영국 사람들처럼 보이는지 눈으로 판단해보려 했지만 도무지 알아낼 수가 없었다.

"저길 보세요, 우선은 저걸로도 충분할 겁니다." 그 남자는 런던에서만 볼 수 있는 빨간 공중전화 부스를 가리키면서 말했다.

그리고 그는 자기가 방금 나에게 런던이 루아르아틀랑티크 주*에 위치해 있다는 것을 명백히 증명했다고 여기고는 갑자기 가던 발길을 되돌렸다. 하지만 나는 그다지 만족스럽지 않았고, 그래서 그에게 정말로 납득할 만한 것들을 더 보여달라고 요구했다. 그는 짜증스러워하면서 입을 비죽거렸다.

"이 정도로는 충분하지 않나요? 낭트로 돌아갑시다. 그럼 금방 알게 될 테니까."

그래서 우리는 왔던 방향으로 발길을 돌렸다. 나는 흥미를 끌 만한 게 아무것도 없는 낯선 구역들을 빠르게 지나쳐 가는 것에 넌더리가 나서, 내가 잘 아는 구역으로 들어서는 즉시 그와 헤어져야겠다고 생각하고 있었다. 나는 옆구리가 결려 몇 미터 뒤에서 그를 따라갔다. 그는 아이처럼 깡충깡충 뛰듯 걷고 있었다.

"저기! 보세요!" 그가 뒤도 돌아보지 않고 불쑥 외쳤다.

그 순간 나는 앞쪽으로 길게 이어져 있는 골목길 끝에 우리가 몇 달 전 목을 축였던 하얀 분수가 있는 것을 발견하고 깜짝 놀랐다. 그 분수는 여전히 우아하게 아주 가느다란 물줄기를 내뿜으며 조

---

* 프랑스 서부 연안에 위치한 주로. 주도는 낭트이다.

금씩 흘러내리고 있었고, 우리는 그때처럼 그 물을 몇 모금 마셨다. 그러고 나서 그 남자가 다시 도시들에 대해 이야기하는 동안 나는 숨을 돌릴 수 있었다.

"어떤 도시들은 끊임없이 움직여요, 장난기 많은 큰 구역들이 그렇듯이. 하지만 대부분의 도시는 대체로 오랜 시간 한자리에 그대로 있지요. 사실 도시는 여러 개가 아니라 딱 하나뿐이에요. 그리고 지금 우리가 있는 곳이 바로 그곳이랍니다. 나는 평생 이 도시 하나밖에 몰라요. 대로와 작은 길 너머에는 또다른 대로와 작은 길이 있지요. 그 길들의 이름은 프랑스어, 영어, 이탈리아어, 중국어, 또는 포르투갈어로 되어 있어요. 그리고 간혹 내가 모르는 문자로 쓰여 있는 길들도 있고요."

"어떻게 그런 일이 있을 수 있지요?" 나는 깜짝 놀라서 물었다.

"몰라요. 나에게 그런 질문은 별 의미가 없어요. 오히려 그 질문은 내가 당신한테 해야 해요. 어떻게 하면 이 도시에서 **벗어날 수 있을까요?**"

"그러니까 당신은 이 도시를 한 번도 벗어난 적이 없으면서 이 세상의 모든 도시를 가봤다는 겁니까?"

"전부는 아니에요. 이상하게도 몇몇 지역들은 항상 날 피하거든요. 특히 부에노스아이레스, 리스본, 베네치아가 그렇지요."

"그럼 베네치아에 한 번도 가본 적이 없단 말인가요?"

"나는 그 도시를 한 번도 보지 못했어요. 운하들은 나를 다른 운하나 호수나 강으로는 이끌어가주는데, 베네치아로는 절대 데려가

주지 않아요. 그 도시는 숨어 있는 것 같아요."

그는 나를 낭트로 데려다주고 나서 다시 길을 나섰다. 나는 그에게 낭트로 돌아와달라는 뜻을 슬쩍 비쳤다. 하지만 그 후로 그를 두 번 다시 만나지 못했다. 나는 지도와 도로 노선도 들을 구입하여 그가 나를 이끌고 갔던 길들을 기억을 더듬어 그려보려 했지만, 도저히 불가능했다. 나는 이탈리아로 되돌아가 법원 계단 위에 앉아 몇 시간 동안 그를 기다렸다. 그가 그곳으로 와 그때처럼 계단 위에 앉을 거라고 확신하면서. 하지만 허사였다. 오늘도 나는 나의 도시를 온 사방으로 돌아다니고 있다. 거기서 하얀 분수와 이탈리아, 빨간 공중전화 부스와 얼근히 취한 런던 사람들을 만나기 위해. 아니 어쩌면 브뤼셀, 모스크바, 이스탄불로 이르는 어두운 골목길들을 다시 만나기 위해. 하지만 그에게는 그처럼 한없이 열려 있는 도시가 나에게는 여전히 굳게 닫혀 있을 뿐이다.

마지막 연주

LE DERNIER SET

그 차는 재즈 클럽 뒤쪽, 연주자 대기실 문 옆으로 나 있는 골목 길 안에 시동이 꺼진 채 주차되어 있었다. 겨울 저녁 무렵이라 길이 어두웠기 때문에 나는 그 차가 그곳에 있다는 것을 알아차리지도 못했다. 내가 차 있는 곳에 다다랐을 때 갑자기 차 문이 열렸다. 검은 가죽옷을 입은 야수 같은 사내 셋이 차에서 내리더니 내가 반응할 틈도 주지 않고 나를 에워쌌다. 나는 너무 놀라 달아날 생각조차 하지 못했다. 그리고 내가 일종의 올가미에 걸려들었음을 알아차리고 공포에 사로잡히기까지는 몇 초의 시간이 걸렸다. 건들거리는 육중한 고깃덩어리에 멍청한 낯짝을 달고 있는 깍두기 머리의 세 거인은 기분 나쁜 눈길로 나를 뚫어져라 쳐다보고 있었다. 나는 어떻게 해야 할지 알 수가 없었다. 대화의 주도권이 나에게 없다는 것을 단번에 알아차릴 수 있었다. 그들의 침묵은 나의 두려움을 더욱 배가시켰다. 마침내 그중에서 가장 홀쭉한 사내—그나마 덜 뚱뚱하다고 하는 편이 더 정확하리라—가 나에게 다가왔다.

"어이, 폴, 스타인웨이를 신나게 두드려보시려고?" 남자의 목소리는 내가 예상했던 동굴 같은 목소리가 아니라, 높은 곳에 매달아놓은 약간 녹이 슨 종 같은 목소리였다. 나는 그가 잘못 말하긴 했지만(클럽에 있는 피아노는 스타인웨이가 아니라 뵈젠도르퍼였다) 그걸 바로잡아주는 건 별로 현명한 행동이 아니라고 판단하고 그냥 고개를 끄덕여줬다.

"오늘 저녁에는 뭘 연주할 건가? 모차르트? 베토벤?"

그가 알고 있는 작곡가들의 이름은 그게 다인 게 분명했다.

"아니지, 아니야!" 그는 손으로 자기 이마를 탁 치면서 외쳤다. "폴 에셰르는 연미복을 차려입고 그런 구닥다리 음악을 연주하실 분이 아니야, 안 그래? 에셰르 선생께서는 **재즈**를 연주하신다고……"

그의 두 부하는 마치 그의 그 말이 웃음가스인 양 낄낄거리며 웃음을 터뜨렸다.

"선생께서는 스윙을 타고나셨다며, 응…… 그런데 이거 어쩌지? 난 재즈를 **싫어하거든.**"

그 반대였다면 오히려 소스라치게 놀랐을 거다. 나를 두들겨 패려는 게 그의 목적임이 분명했다. 하지만 기왕 그렇다면 그것보다는 좀더 그럴싸한 이유로 맞고 싶었다.

그는 두 손을 앞으로 내밀고는, 피아니스트처럼 허공에 대고 건반을 두들겨대기 시작했다.

"폴이 의자에 앉는다, 그리고 심호흡을 한 번 한다, 그의 손가락 아래에서 음악이 흘러나오기 시작한다, 이렇게, 그렇지? 솟구쳐흐르는 샘물처럼, 아무도 그를 멈출 수 없어. 그렇지, 폴?"

"아, 예, 그렇습니다." 나는 중얼거렸다.

그는 동작을 멈추고 나에게 빈정거리는 미소를 살짝 던졌다.

"그런데 자네한테서 솟구쳐흐르는 건 그것만이 아니지, 웅?"

그는 얼이 빠져 있는 나를 비웃으며 자신의 생각을 분명히 밝혔다.

"자네 물건도 물을 아주 잘 뿜어낸다던데, 웅?…… 자네 다리 사이에 진짜 배출구가 있잖아, 내 말이 틀렸나? 관 끝에 매달린 작은 급류……"

나는 그의 말을 도무지 알아들을 수가 없었고, 그의 저속한 언행을 어떤 식으로 해석해야 할지 머리를 굴려봐도 답이 나오지 않았다. 나는 재빨리 나의 채권자들을 떠올려보았다. 착오가 아니라면 나는 그런 수모와 협박을 당할 만큼 빚을 진 적이 없었다. 그들이 단순히 사람을 잘못 본 게 아닐까?

"이봐요." 나는 나 자신도 처음 들어보는 목소리로 말했다. "도대체 무슨 소릴 하는 건지 모르겠군요……"

"아가리 닥쳐! 나불대지 말고 잠자코 듣고만 있으라고. 넌 음악가니까 듣는 것도 잘할 거 아냐. 두 귀 쫑긋 세우고 잘 들어. 아스트리드 라브륀, 이제 뭔 얘긴지 알겠지?"

"아스트리드? 물론 압니다. 그런데 그녀가 뭘 어쨌다는 겁니까?"

"최근에 만난 적 있나?"

"없습니다."

"그거 유감이군."

나는 얼마 전에 아스트리드와 만나 잠시 관계를 가졌었다. 그녀는 베를리니라 불리는 마피아와 어렵사리 관계를 청산했고, 그래서 나는 아주 쉽게 그녀를 유혹할 수 있었다. 여러모로 그녀는 내가 정복한 여자들 중에서 최고였다. 뇌쇄적인 미모를 지닌 아스트리드는 예술적인 감각도 아주 뛰어났다. 내가 에릭 돌피의 음악을 듣고 있을 때면 방에서 나가버리긴 했지만. 그녀 같은 여자가 베를리니처럼 멍청한 날건달과 한때나마 사귀었다는 사실이 도저히 믿기지가 않았다. 온갖 소문에 따르면, 몇 년 전부터 그 지역의 모든 밀거래를 장악하고 있는 베를리니는 그의 두 형만큼이나 상스럽고 교양이 없는 자였다. 그의 두 형은 무장 강도 미수 사건으로 체포되어 삼 년째 옥살이를 하고 있었다. 돈이 되는 일이라면 물불을 가리지 않고, 권모술수는 마키아벨리를 능가하며, 사기와 협잡에 있어서는 초능력을 타고난 그는 글도 제대로 못 읽었고, 풀 방구리에 쥐 드나들듯 술집과 사창가를—자기 소유의 사창가이건 남의 것이건, 애인이 보건 말건—부지런히 드나드는 것 말고는 취미라고 할 만한 게 전혀 없었다. 아스트리드는 그 작자와 헤어진 후 나와 완벽한 사랑을 맺었다. 하지만 불행하게도, 그녀의 독단적인 성격과 병적인 소유욕은 내 직업이 갖고 있는 제약들과 맞지 않았으며, 따라서 그녀와의 동거 생활은 내가 예상했던 것과는 한참 거리가 멀다는 사실을 얼마 지나지 않아 확인할 수 있었고, 그래서 우리는 몇 주일 동안 폭풍우가 휘몰아치는 듯한 열정으로 수천 번의 섹스를 나눈 후(아스트리드 라브륀은 지구가 탄생시킨 가장 경이로운 사랑의 여신들 중 하나였다) 더이상 만나지 않았다. 그녀와의 일은 내 머릿속에서 이미 오래전에 지워져 있었고, 그래서 나는 지금 이 순간에 그 사내의 입에서 그녀의 이름이 왜 갑자기 튀어나온 건지 이해할 수가 없었다.

"그녀에게 무슨 일이 있습니까?" 내가 물었다.

"그래." 야수 같은 남자가 대답했다. "그녀에게 **무슨 일**이 일어났어. 그것도 하늘에서 그냥 뚝 떨어진 일이 아니지. 그리고 베를리니 씨는 그 일을 좋게 생각하지 않아, 전혀."

그러니까 이건 내 옛 애인과 그 애인의 옛 남자―내가 평생 한 번도 만난 적이 없는 극악무도한 악당―에 관한 문제였다……

"자세하게 설명을 해주십시오."

"라브륀 부인은 베를리니 씨와 재결합했어. 모든 게 아주 잘 풀려나가고 있지. 두 사람은 육 개월 후에 결혼할 거야. 그런데 베를리니 씨가 라브륀 부인의 배꼽에 귀를 갖다댔더니 거기서 비밥* 소리가 들리더라 이 말씀이야. 이 불쌍한 미련퉁이야, 이제 무슨 말인지 알아듣겠냐?"

이제 막 내 귀에 전달된 그 두 가지 정보를 정확하게 이해하기까

---

* 1940년대 중반 미국에서 유행한 자유로운 스타일의 빠른 재즈 음악.

지 잠시 시간이 걸렸다. 하나, 아스트리드가 임신했다. 둘, 그녀가
이 지역의 아틸라* 같은 놈의 품에 다시 안겼다. 깜짝 놀랄 일이었
다. 그리고 특히, 그건 내 입장을 아주 난처하게 만들었다. 나는 나
자신을 변호하려 했다.

"그런데 왜 내가 이런 취급을 받아야 하는 건지 모르겠군요. 우
리가 만난 건 아스트리드가 베를리니 씨와 헤어진 뒤였어요."

"그건 우리가 알 바 아니지. 네 녀석은 둘이 헤어졌느니 어쩌느
니 말하지만, 베를리니 씨는 그녀와 헤어진 적이 없어. 게다가 베
를리니 씨는 이 세상에서 유일하게 나보다 **더** 재즈를 싫어하는 분
이야. 그런데 자기 여자의 자궁 속에서 폴 에셰르라는 작자의 씨가
피아노 연습을 하고 있다고 생각해봐, 꼭지가 확 돌아버리는 거지.
그리고 그 모든 건 바로 너 때문이야."

그런 시각에서 보자면 상황은 간단했다. 나는 베를리니에게서
그의 여자를 훔쳤다. 그러지 말았어야 했다. 따라서 이제 곧 나는
그에 합당한 대가를 치러야 할 터였다. 남은 문제는 그 대가가 얼
마냐 하는 것뿐이었다.

"날 어떻게 할 겁니까?"

"네 생각엔 어떻게 할 것 같나?"

아무래도 고문을 좀 당하겠지. 갈비뼈가 몇 대 부러지고, 어쩌면
무릎에 총알이 박힐지도 모르지. 이들이 정말로 잔인하다면, 내 손

---

* 유럽을 공포로 몰아넣은 훈족의 왕.

가락을 한두 개 부러뜨릴지도 몰라, 내가 더이상 연주를 하지 못하도록. 하지만 이들이 베를리니만큼 머리가 돈 자들이라면, 내 손가락이 아니라 목을 부러뜨릴지도 모르는 일이었다.

"날 죽일 겁니까?"

"아니." 세 거인 중에서 유일하게 말을 할 줄 아는 게 분명한 그 떠버리 녀석이 무뚝뚝하게 대답했다.

나는 내게 닥친 불행 속에서 희미한 한 줄기 희망의 빛을 보았다.

"우린 널 데리고 재미를 좀 볼 거야. 마구 두들겨 패고, 턱에다 나사못을 박아넣고, 나무판자에다 네 불알을 못 박는 거지. 그리고 나서 네가 찍소리도 못 내게 되면, 그러면 그때, 그래, 널 죽일 거야."

나는 완전히 절망했다. 하지만 공포감은 이내 줄어들었다. 이미 결말을 알고 있고, 그래서 두려워해봤자 더이상 아무런 소용이 없었으니까. 이제 나에게 남은 바람은, 심한 고통을 당하지 않고 되도록 빨리 죽는 것뿐이었다.

"하지만 우린 괴물이 아니야." 그 야만인이 말을 이었다. "조용한 장소로 데려가 해치우기 전에 너의 마지막 소원을 들어주겠어. 십 초를 줄 테니까 뭘 하고 싶은지 잘 생각해봐. 이 밤이 끝나기 전에 네 인생이 쫑난다는 걸 명심하고."

나는 갑작스러운 제안에 넋을 잃은 채 의미 없는 몇 마디를 던졌다. 개처럼 죽기 전에 나는 뭘 하고 싶을까? 마지막 담배는 아니었다. 담배를 피우지 않으니까. 나는 거의 무의식적으로 말했다.

"피아노를 연주하고 싶습니다."

"뭐?"

"피아노를 연주하고 싶다고요. 오늘밤 공연 약속을 지키게 해주십시오. 그 후에 당신들이 원하는 대로 하세요."

"이봐, 우린 마피아지 듀크 엘링턴의 오케스트라 단원이 아니야."

"제발 부탁입니다. 딱 두 곡만 연주하겠습니다. 내가 좋아하는 두 곡만 연주하고 무대에서 내려올 테니까, 그때 날 잡아가서 마음대로 하세요. 당신들이 뭘 하든 순순히 따르겠습니다."

그 사내가 동료들의 의견을 눈으로 물었다. 상의 주머니에 손을 처박고 있는 그들은 그 사내보다 훨씬 더 멍청해 보였다. 내가 해독할 수 없는 의견을 서로 말없이 교환한 후, 그가 내 쪽으로 돌아서며 고개를 가로저었다.

"어이, 불쌍한 멍청이, 다른 걸 생각해봐."

"왜요?"

"그랬다가 네 녀석이 뒷구멍으로 달아날지 어떻게 알아. 그런 귀찮은 짓은 하고 싶지 않아."

"제발 부탁입니다. 손바닥만 한 무대 위에서 어디로 어떻게 달아나겠어요? 그럴 가능성은 전혀 없습니다."

"그건 그렇지."

마지막 연주를 하게 해달라는 소원은 별생각 없이 내뱉은 거였다. 그런데 나는 그 소원에 집착하고 있었다. 곰곰이 생각해보면, 내가 죽기 전에 원하는 건 바로 그것이었다. 건반을 마구 두드리며 〈체로키〉를 마지막으로 신나게 연주하는 것. 나는 고집을 부렸다.

"내가 무대에서 당신들에게 연주곡을 바치는 건 어떻습니까? 각자에게 한 곡씩."

그들은 잠시 멈칫하더니 웃음을 터뜨리고 나서 자기들은 애인에게 사랑의 노래를 선사하기 위해 라디오 방송국에 전화를 걸 나이는 지났다고 말했다. 나는 연주자가 공연중에 누군가를 위해 특별히 음악을 연주하는 건 아주 드문 일이기 때문에 내가 당신들을 위해 음악을 연주하면 다른 청중들이 엄청난 질투심을 느끼며 부러워할 거라고 말하면서 고집을 꺾지 않았다. 한 줄기 관심의 빛이 그들의 시선에서 반짝였다. 내가 민감한 코드를 건드린 게 분명했다. 그래서 나는 이렇게 덧붙여 말했다. 나를 숭배하는 팬들(사실 나는 별 볼 일 없는 삼류 피아니스트였기 때문에 숭배자들이 있을 리만무했다)은 내가 헌정하는 음악을 들을 수만 있다면 지옥에라도 가겠다고 할 것이며, 빌 에반스(아마도 그들이 모르는 이름일 것이다)가 그의 마지막 콘서트에서 나에게 음악을 한 곡 헌정해주었던 날(물론 그런 일은 일어난 적이 없었다) 나는 내 평생 가장 강렬한 환희를 맛보았다고 말이다. 그들은 내 말에 완전히 넘어갔다.

"좋아. 선심 한번 쓰지. 건반 위에서 한두 시간 즐기면서 우리 세 사람 각각에게 기억에 남을 멋진 곡을 들려줘. 그러고 나서 열광하는 관객들에게 마지막 작별 인사를 하라고. 하지만 우릴 속일 생각일랑 아예 하지 않는 게 좋아, 알았어? 그 빌어먹을 재즈를 연주할 수 있다는 것만으로 감지덕지하란 말이야."

나는 그들에게 마지못해 고맙다고 말하고 나서, 지금 당장 분장실로 가서 옷을 갈아입고 나의 리듬 섹션과 함께 연주할 곡들을 미리 맞춰봐야 한다고 설명했다.

"너의 뭐와 함께?"

"리듬 섹션요. 그러니까 드러머와 콘트라베이시스트 말입니다."

그들은 나에게 의심의 눈초리를 던졌다. 마치 내가 콘트라베이스 안에 꼬깃꼬깃 몸을 접은 경찰을 숨겨넣을지도 모른다는 듯이.

"분장실 안까지 따라들어가겠어." 우두머리가 그렇게 결론을 내리면서 나에게 앞장서라고 했다. "우린 네 뒤를 졸졸 따라다닐 거야. 네 녀석이 딴생각하지 못하게 철저히 감시할 거라고. 그리고 어떻게든 손을 써서 네가 공연하는 동안 우리가 최고로 좋은 자리에 앉을 수 있도록 해놔."

나의 동료 뮤지션인 닉과 다케시는 평소처럼 연주가 시작되기 십오 분 전에야 도착했다. 나는 세 명청이의 빈정대는 눈초리를 받으며 옷을 갈아입고 나서, 악보 한 귀퉁이에다 연주할 곡들을 내가 원하는 순서대로 휘갈겨썼는데, 그들은 그걸 수상하게 여기고 즉시 확인하려 했다. 나는 클럽 사장인 프랑시스에게 무대와 가장 가까운 테이블 중 하나에 나의 수호천사들의 자리를 마련해주고, 내 앞으로 달아놓고 그들에게 술도 몇 잔 갖다주라고 부탁했다. 알코올이 그들의 경계심을 무디게 만들어주지 않을까 반신반의하면서. 눈치 빠르고 매너 좋은 프랑시스는 나에게 말 못할 사정이 있다는 것을 감지한 듯 꼬치꼬치 캐묻지 않고 내가 부탁한 대로 해주었다.

정확히 이십이시 삼분에, 닉과 다케시와 나는 드문드문 앉아 있는 손님들의 박수를 받으며 무대 위로 올라가 자리를 잡고 앉았다. 닉이 콘트라베이스의 목을 움켜잡았고, 다케시는 연주하기 편하게 심벌즈 페달의 위치를 세심하게 조절하며 완벽하게 드럼을 배치했다. 내가 그들에게 눈짓으로 신호를 보낸 후, 우리는 우선 몸을 풀기 위해 평소에 눈 감고도 연주할 수 있는 허비 행콕의 히트곡 〈라이엇〉으로 연주를 시작했다.

나는 신경이 곤두서 있었지만 그래도 침착함을 유지할 수 있었고, 나의 우상들 중 한 명인 행콕의 악절들을 변주하는 여유까지 부리면서 솔로 부분을 길게 이끌어갔다. 다케시는 거침없는 스윙으로 쉴 새 없이 내 연주를 되받아쳤고, 그렇게 해서 우리는 열광적인 환호 속에서 연주를 끝맺었다. 클럽에 사람들이 조금씩 들어차기 시작했다. 우리는 〈에피스트로피〉 〈오텀 리브스〉 〈유 턴드 미 어라운드〉를 차례로 연주했다. 나는 되도록 내가 처한 상황을 생각하지 않고 연주에만 정신을 집중하려 했지만, 연주의 흐름을 놓칠 위험을 무릅쓰고 그 야만인들이 앉아 있는 테이블에 때때로 시선을 던지지 않을 수 없었다. 그들은 무심한 표정으로 흑갈색 맥주를 홀짝이면서, 무대 위에서 일어나고 있는 일보다는 클럽의 실내장식에 훨씬 더 많은 관심을 기울이고 있었다. 그 순간, 그들과 한 약속이 떠올랐고, 그래서 다음 곡 차례에 그 약속을 이행하기로 마음먹었다. 나는 내 발치에 놓여 있는 마이크를 잡아들고 관객들에게 고마움을 전하고 닉과 다케시를 소개한 후에, 평상시와는 다른 멘트를 했다.

"오늘 저녁 이 공연장에 계신 어떤 분에게 다음 곡을 선사하고 싶습니다……"

바로 그때, 내가 그들의 이름을 모른다는 사실을 깨달았다. 어이없는 상황이었다. 나 자신이 완전히 바보처럼 느껴졌다. 나는 마이크를 다시 내려놓고, 닉과 다케시의 어리둥절해하는 시선을 받으며, 붉어진 얼굴로 오로지 피아노 건반만 쳐다보려 애쓰면서 〈올 블루스〉를 연주하기 시작했다. 베이스 솔로가 한창 연주되고 있을 때, 누군가 무대 쪽으로 다가오는 게 느껴졌다. 그들이 한창 연주 중인 나를 무대에서 끌어내리지나 않을까 덜컥 겁이 났다. 하지만 그들은 구겨진 종이 뭉치를 내가 있는 곳까지 굴리는 것에만 온통 신경을 쓸 뿐이었다. 그 종이에는 서투른 글씨로 다음과 같은 메시지가 적혀 있었다. "이 멍청아, 우리 이름은 봅, 리샤르, 디테르다. 첫번째 헌정은 제대로 되지 않았다. 그러니 그건 쳐줄 수 없다. 그리고 봅은 〈티 포 투〉를 연주해주길 원해."

나는 첫번째 스테이지가 끝나기 전에 세 헌정곡 중 두 곡을 연주했다. 돼지에게 진주를 던져주는 것 같은 아주 더러운 기분을 느끼면서 리샤르에게는 〈스텔라 바이 스타라이트〉를, 그리고 디테르에게는 역설적으로 〈위 윌 미트 어게인〉을 선사했다(그래, 우리는 다시 만날 거다, 아마도 지옥에서). 내가 누군가에게 무언가 헌정하는 것을 한 번도 본 적이 없는 닉과 다케시는 어안이 벙벙해져 서로 시선을 주고받았다. 두번째 스테이지가 시작되기 전에 우리는 잠시 휴식 시간을 가졌다. 언제나 그렇듯이 다케시는 그 막간을 이용해 바 쪽으로 서둘러 달려갔다. 나는 연주중에는 절대로 술을 마시지 않는다는 신조를 철저히 지켜오고 있었다. 하지만 그날 저녁만큼은 나의 개인적인 윤리에 예외를 허용해 진을 한 잔 마시러 다케시 옆으로 갔다. 그런데 내가 막 스툴에 앉았을 때, 누군가 내 어깨 위에 손을 얹었다. 순간 내 몸속에서 아드레날린이 마구 분비되었다. 나는 뒤를 돌아보았다. 하지만 예상과는 달리, 그 손의 주인은 오래전부터 나와 친분이 있던 지역 일간지의 음악 담당 기자였다. 그는 나에게 연주가 끝나고 나서 몇 가지 질문을 하고 싶은데 괜찮겠냐고 물었다. 나는 안도의 한숨을 쉬었다. 하지만 이 연주의 끝이 내 인생의 끝이 될 수도 있다는 말은 차마 그에게 하지 못했다. 그런 말을 했다가는 그가 인터뷰를 취소할지도 몰랐다. 나는 두번째 스테이지가 끝난 후에 분장실로 나를 찾아오라고 말하고 나서 그에게서 등을 돌리려 했다.

"오늘밤 두 차례만 공연할 겁니까? 오늘 연주가 아주 좋던데, 세번은 해야죠." 그는 사장이 직접 만들어준 화려한 색의 칵테일을 홀짝거리면서 건성으로 말했다.

"세 번?"

3회 공연. 그건 정말 기가 막힌 아이디어였다.

아니면 4회.

다시 무대에 오르면서, 나는 세 명청이가 앉아 있는 테이블을 스쳐지나갔다. 그들은 꼼짝도 하지 않고, 내가 바에 머물러 있는 내 내 곁눈질로 나를 감시하고 있었다. 내 몸에 들러붙어 있는 그들의 교활한 눈길을 느끼자 온몸에 소름이 끼쳤다. 나는 동료 뮤지션들이 자리를 잡고 어서 록 연주를 시작하기를 기다렸다. 다케시는 그 곡을 위해 브러시를 스틱으로 바꿨다. 시간이 흘러갈수록 나는 내가 연주하는 솔로 곡이 마지막 연주곡이라는 사실을 점점 더 의식하게 되었다. 살해되기 전까지 나에게는 이제 한 장의 카드밖에 남지 않았다. 봅을 위한 〈티 포 투〉. 이상하게도, 그 마지막이라는 한계 상황이 연주의 즐거움을 열 배, 스무 배로 증가시켰다. 이 테마에서 저 테마로 종횡무진하면서 나는 점점 더 대담하게 변주를 해나갔고, 오직 축복받은 날에만 다다를 수 있는 절정으로 닉과 다케시를 이끌었다. 나는 케루악*이 말한 대로 it**을 향해 달렸다. 그리고 그 it은 나를 외면하지 않았다. 다케시는 드럼 세트를 현란한 솜씨로 미친 듯이 두들겨대면서 엘링턴의 스탠더드 고전 〈잇 돈트 민 어 싱〉을 멋들어진 솔로 연주로 들려주었다. 나는 클럽 안에 퍼져 있는 도취감을 이용해 세번째 스테이지를 마련한다는 생각을 은근슬쩍 밀어붙이려 했다. 닉은 정해진 시간 외의 연주는 절대로

---

* 잭 케루악. 미국의 시인, 소설가. 비트제너레이션의 주도적 작가.
** 잭 케루악의 1957년 작 『길 위에서On the road』라는 비트 소설에서 주인공 셀 파라다이스는 틀에 갇힌 사고를 거부하고 자유분방한 삶을 살아가는 딘 모리아티라는 인물을 추종해 뉴욕에서 서부로 이르는 길 위의 삶을 살면서 새로운 자극(마약, 섹스 등등)을 찾아 모험과 실패를 반복한다. 그들은 그 강렬한 체험, 이상, 절대적인 완벽함을 it이라 칭한다.

하지 않는다는 자신만의 근로기준을 항상 준수하는 친구였지만 나의 설득에 의외로 쉽게 넘어왔다. 그리고 다케시는 흔쾌히 동의해주고 나서, 어쨌든 휴식 시간은 합법적인 거라며 평소처럼 의연하게 바로 향했다. 그렇게 해서 나는 적어도 반 시간의 집행유예를 얻어냈다. 바로 그때, 세 거인 중 한 명—아마도 디테르라 불리는 자인 듯한—이 무대로 다가와 나에게 자기 쪽으로 몸을 숙여보라는 신호를 보냈다.

"어이, 예술가 양반, 지금 우릴 갖고 노는 거야? 지금이 몇 시인지 알아? 설마 날이 샐 때까지 연주할 생각은 아니겠지, 응?"

"음악이 마음에 들지 않으세요?"

"그게 문제가 아니잖아. 넌 공연을 두 차례만 할 거라고 말했어, 세 번이 아니라. 봄이 아직도 〈티 포 투〉를 듣지 못한 건 제쳐두고라도 말이야."

"하지만 제 동료들이 연주를 계속하고 싶어해서요." 나는 거짓말을 했다.

"그럼 그 작자들한테 말해. 쓸데없이 계속 까불다가는 네놈이랑 함께 골로 가는 수가 있다고. 빨리 연주나 끝내."

"하지만 휴식 시간이 이제 막 시작되었는데요!"

그는 짜증스럽다는 듯이 한숨을 내쉬고는 자기 혁대로 손을 가져갔다.

"이 뒤에 뭐가 있는지 볼래, 응? 이걸로 온 사방에 구멍 내는 거 보고 싶어?"

공포를 느낀 나는 벌떡 일어나 재빨리 피아노 앞으로 가 앉았다. "그리고 봅을 잊지 마. 〈티 포 투〉." 그는 자기 테이블로 돌아가 며 말했다.

사십오 분이 지났지만, 나는 아직도 〈티 포 투〉를 연주하지 않고 있었다. 내가 정말 단 한 번도 좋아해본 적 없는 그 우스꽝스럽고 상투적인 곡이 이제는 생존을 위한 패스포트, 나의 생명을 일시적 으로 연장해주는 으뜸패가 되어 있었다. 말로 표현할 수 없을 정도 로 뻔뻔스럽게, 나는 관객들이 좋아할 만한 곡들로 끝없이 솔로 연 주를 하면서 한없이 연주 시간을 늘려나갔다. 맨 앞줄에 앉아 위스 키에 얼근히 취한 채 이제는 쉬지 않고 잔을 비우고 있는 세 야만 인만이 여전히 무표정한 얼굴로 박수갈채를 보내지 않고 있었다. 레퍼토리도 거의 다 써버렸기 때문에, 나는 이제 끝이 다가왔다고 생각했다. 계속하려면 우리가 오래전부터 전혀 연주하지 않았던 곡들을 찾아내 연주하거나 위험을 무릅쓰고 즉흥연주를 해야 할 터였다. 닉과 다케시가 초조해하는 눈치를 보이기 시작했다. 몇몇 손님들이 조용히 클럽을 빠져나가고 있었다. 새벽 한시가 거의 다 되었다. 더이상 버틸 재간이 없게 된 나는 마침내 마이크를 잡고 "오늘 저녁 이 자리에 참석해 우리를 기쁘게 해주고 있는 내 친구 봅에게" 헌정한다며 〈티 포 투〉를 연주하겠다고 말했다. 닉이 어 안이 벙벙한 얼굴로 나를 쳐다보면서 뿌루퉁한 표정으로 반대 의 사를 표시했다. 그 친구 역시 그 곡을 좋아하지 않았다. 나는 그 곡의 솔로 도입부를 먼저 시작함으로써 그가 하기 싫은 연주를 억지로 하게 만들었다. 그는 자기가 마지못해 연주한다는 걸 노골적으로 얼굴에 드러내면서 내 연주를 이어받았다. 그는 내가 솔로 연주를 하는 동안 몇 번이나 나를 따라오는 것을 멈추고 그 테마와 전혀 무관한 두세 코러스를 완전히 미친 것처럼 즉흥적으로 연주했다. 다케시는 무덤덤한 표정으로 정면을 똑바로 쳐다보면서 브러시로 스네어 드럼을 문지르고 있었다. 나는 끔찍하게 괴로웠지만 선택의 여지가 없었다. 마지막 음이 내 귓속에서 마치 영원한 작별 인사처럼 울렸다. 모든 게 끝났다. 자기가 나의 죽음을 재촉하고 있다는 사실을 짐작조차 하지 못하는 닉이 자리에서 벌떡 일어나 손님들을 향해 인사를 하고 나서 빠른 걸음으로 무대 뒤로 사라졌고, 다케시도 즉시 그 뒤를 따라갔다. 클럽 안의 손님들이 자리에서 일어나 겉옷을 걸쳐 입고, 테이블 위에 놓아둔 라이터를 챙기거나 칵테일 잔에 꽂힌 종이 파라솔을 주머니에 슬쩍 찔러넣으며 큰 소리로 떠들어대기 시작했다. 나는 세 사내를 힐끗 쳐다보았다. 그들은 사냥감을 물어뜯을 준비가 된 늑대들처럼 나를 노려보고 있었다. 당황한 나는 뵈젠도르퍼의 반들반들한 나뭇결을 마지막으로 쓰다듬고 건반을 손으로 훑다가 마지막 건반을 세게 한 번 누르고는 무대를 떠났다. 그 음울한 음이 나를 절망에 빠뜨렸다.

무대 뒤에서 닉과 다케시가 클럽 사장과 이야기를 나누고 있었다. 사장은 나를 보자 달려들어 키스를 퍼부었다.

"정말 굉장했어, 폴! 아주 환상적이었어. 밤새도록 당신 연주를 듣고 싶더라니까."

"정말요?" 내가 재빨리 그 말을 이어받았다. "그렇다면 당장 무대로 돌아가 다시 연주를 시작하죠."

닉이 다급하게 이의를 제기했다. 그를 원망할 수는 없었다. 그럼에도 불구하고 나는 고집을 피웠다.

"오늘밤엔 컨디션이 너무 좋은 것 같아. 나 혼자서도 한 스테이지 정도는 멋지게 해낼 수 있을 것 같아요. 유종의 미를 거둬야죠, 안 그래요?"

나는 사장의 대답을 기다리지도 않고 발길을 돌려 돌격하듯 무대 위로 다시 올라가 피아노 앞에 앉았다. 연주가 모두 끝났다고 생각하고 떠날 채비를 하고 있던 손님들이 내가 무대로 되돌아오는 것을 보자 휘파람을 불고 떠나갈 듯이 환호를 보내면서 외투를 벗고 재빨리 자리에 다시 앉았다. 깜짝 놀란 세 야만인은 내가 짝퉁 키스 자렛처럼 밑도 끝도 없는 즉흥연주를 시작하는 것을 물끄러미 지켜볼 수밖에 없었다. 지금 나에게는 연주하고, 연주하고, 또 연주하는 것 말고는 더이상 어떤 것도 중요하지 않았다. 가능한 한 오래 건반 앞에 머물러 있는 것 말고는. 내 손가락들은 건반 위를 달리고 있었고, 머릿속에서는 생각지도 않았던 악절들이 마구 떠올랐다. 나는 마치 음악으로 유언을 남기기라도 하듯이 화음들을 힘주어 연주했다. 〈섬머타임〉〈더 걸 프롬 이파네마〉〈온 그린 돌핀 스트리트〉 등 내가 모국어보다 더 익숙할 정도로 수없이 연주했던 그 모든 스탠더드 곡이 내 손가락 아래에서 점점 더 격앙되어 불가해하고 엄청난 소용돌이를 일으키며 세차게 몰아쳤다. 나는 나의 음악 인생을 그 짧은 시간 동안 재연해야 했다. 그래서 그 선율들이 나의 핏속에 흐르고 있을 정도로 그동안 땀 흘려 연주했던 수백 개의 테마들을 압축하고, 이십오 년 전부터 지금까지 내 인생 대부분을 바쳐왔던 것들—피아노, 재즈, 음악, 그리고 it—을 요약해야 했다.

땀에 흠뻑 젖은 채로 몸을 덜덜 떨면서, 나는 악기 위에서 광분하고 있었다. 사람들이 웅성거리면서 나에게 무슨 일이 일어난 건지 궁금해했다. 사장이 무대 위로 급히 뛰어올라와 내 절망의 불협화음을 덮어 가리기 위해 고함을 지르면서 클럽 문을 닫을 시간이라고 알렸다. 오직 그 세 무뢰한만이 꿋꿋하게 자리를 지키고 앉아 있었다.

나를 안쓰러운 눈길로 쳐다보고 있는 사장 앞에서 그들이 갑자기 내 어깨를 붙잡고 나를 피아노에서 억지로 끌어냈던 것 같다. 나는 울부짖었다.

"이 친구가 정신이 나갔나."

"의사를 불러야 할 것 같아. 그래야 될 것 같지 않아요?" 사장이 말했다.

"신경쓰지 마쇼, 우리가 알아서 할 테니까. 우리가 이 친구를 집으로 데려가 샤워를 시켜보죠. 그래도 해결이 안 되면 그때 병원에 데려가겠소."

나는 더 소리치고 싶었다. 하지만 디테르가 손으로 내 입을 틀어막았다. 사장은 그들의 마음 씀씀이에 고마워하면서, 연주자들이 출입하는 클럽 뒷문까지 우리를 배웅했다.

"부탁드립니다, 잘 돌봐주세요."

"걱정 마쇼."

그들은 나를 차 뒷좌석에 밀어넣자마자 시동을 걸고 질풍처럼 차를 몰았다. 아무런 희망도 남지 않게 된 나는 입을 굳게 다물고 있었다. 차는 반 시간은 족히 달려가, 숲속의 빈터 같은 으슥한 곳에서 멈춰 섰다. 그들은 나를 차에서 난폭하게 끌어내 바닥에 내동댕이치더니 마구 두들겨 패기 시작했다. 내가 마지막으로 들은 건 〈섬머타임〉의 멜로디였다. 나의 사형집행자들이 느닷없이 내 얼굴 한복판을 몽둥이로 내리치고 나서 다음 몽둥이질을 하기 전에 일제히 휘파람으로 부르는……

『크누센주의, 그것은 사기 협잡』

《LE KNUDSISME, UNE IMPOSTURE》

나는 내가 사는 아파트 건물 현관 앞 바닥에 누워 있다. 내 몸은 아스팔트 위로 점점 번져나가는 피 웅덩이 속에 잠기고 있다. 내가 현관을 나설 때 나에게 방아쇠를 당긴 정체불명의 남자는 벌써 달아나고 없다. 나의 호흡은 점점 더 거칠어지고 있다. 나는 곧 죽을 것이다. 지금도 거의 죽은 거나 다름없다. 지나가던 사람들이 내 주위로 몰려들며 도움을 청하기 위해 어딘가로 전화를 건다. 택시가 떠나버린 것 같다. 어쩌면 당신들에게 내 이야기를 들려줄 여력은 아직 있을지도 모르겠다. 나는 나에게 권총을 겨눈 자가 누구인지는 정확히 모르지만 나를 살해한 존재의 정체는 아주 잘 알고 있다. 크누센주의.

이 이야기를 제대로 이해하려면 지금으로부터 삼십 년 전, 그러니까 70년대 중반으로 거슬러올라가야 한다. 최근에 사망한 무명의 노르웨이 철학자 모르톤 크누센의 제자들이 그의 이론에서 영감을 받아 작은 정당을 결성한 게 바로 그 시기였다. 초기의 당원들은 제각각 비밀스럽게 활동하면서 여러 파로 분열되어 있었지만, 이삼 년 후 카리스마를 갖춘 지도자 테리에 안데르센이 등장하면서 그 정당은 그를 중심으로 완전히 하나가 되었다. 강한 개성, 날카로운 전략, 군중을 사로잡는 탁월한 감각과 강력한 지도력을 갖춘 안데르센은 군소 정당에 불과했던 그 정당을 이념적인 측면뿐만 아니라 지지도에 있어서도 명망 있는 유수 정당에 위압감을 줄 정도로 점차 탈바꿈시켜나갔다. 창당 오 년 만에 크누센 당은 최초로 국회의원들을 탄생시켰다. 그리고 다시 오 년 후, 이 정당은 총선에서 승리해 집권당이 되었다. 노르웨이 수상이 된 테리에 안데르센은 벌써부터 이웃 나라들을 곁눈질하고 있었다. 크누센주의 세력은 얼마 지나지 않아 스웨덴으로 뻗어나갔고, 그리하여 스웨덴에서도 마침내 크누센주의자들이 권력을 장악하게 되었다. 덴마크는 사전에 철저히 크누센주의의 유입을 봉쇄했지만, 오늘날 크누센주의 정당은 핀란드, 발트해 연안 국가들, 그리고 러시아 북서부에서 가장 영향력 있는 정당 중 하나로 군림하고 있다.

이 수많은 정당들이 기치로 내걸고 있는 크누센주의의 정신적 지주인 모르톤 크누센에 대해서는 의외로 알려진 바가 별로 없다. 20세기 초 오슬로에서 태어난 그는 은둔생활을 하면서 형이상학,

정치철학, 경제학, 정신분석학 분야에 헌신했다. 그는 십 년 동안 정신분석학자로 활동했고, 다양한 학술지에 정치 논평을 계속 기고했다. 그는 평생 동안 스무 권의 책을 출간했지만 그 책들은 거의 대부분 관심을 끌지 못했다. 그러다 말년에 그의 연구가 노르웨이의 한 작은 단체의 주목을 받게 되었다. 대학에서 이탈한 학자와 작가 들로 구성된 단체였다. 그들 중 가장 급진적인 몇몇 인물들이 정당을 만들었는데, 그 당시 그들은 십 년 후 자신들이 권력을 장악하게 되리라고는 상상조차 하지 못했다.

스칸디나비아반도를 물들인 크누센주의 혁명은 유럽의 인텔리겐치아, 특히 프랑스 지식인들에게 열렬한 환영을 받았다. 비록 프랑스에서 크누센주의가 정치 세력으로 제대로 뿌리내리지는 못했지만, 크누센주의 혁명은 오히려 20세기 말 지성사의 위대한 사건으로 남게 되었다. 80년대 이후 파리에서 크누센주의가 불러일으킨 모든 논쟁을 몇 줄로 요약하는 건 불가능하다. 거의 모든 저명한 학자나 저술가들이 크누센에 대해 말하고 그의 개념들을 해석했으며, 그들 자신의 이론을 뒷받침하기 위해 크누센을 내세웠다. 사람들은 모든 것을 크누센주의라는 체로 여과했고, 모든 것을 크누센주의를 통해 고찰했다. 그 결과 오늘날에는 무수한 학파를 양산해낸 크누센주의 철학뿐만 아니라, 크누센주의 사회학, 크누센주의 경제학, 크누센주의 민족학, 심지어 크누센 원리주의자들을 위한 크누센주의 수학과 물리학까지 존재한다. 크누센주의자들 사이에서는 엄청난 내란이 끊이지 않는다. 스승의 텍스트들이 지닌 진정한 의미에 관해 의견이 서로 분분하여 때로는 완전히 모순되는 해석을 내놓기도 하고, 쉼표 하나하나에 엄청난 의미를 부여하기도 한다. 하지만 우스꽝스러울 정도로 궤변적인 집안싸움을 하다가도, 자신들의 우상을 보호해야 하는 상황에 직면하게 되면 즉시 내란을 멈추고 공동전선을 편다. 약 일 년 전 '크누센주의, 그것은 사기 협잡'이라는 제목의 방대한 시론을 출간했을 때 내가 그런 사실을 전혀 모르고 있었던 것은 아니었다.

나는 대부분의 사람과 마찬가지로 80년대 초 최초의 프랑스어 번역본을 통해 알게 된 그 노르웨이 철학자의 저작들에 대해 극도로 회의적인 시각을 갖고 있었다. 그 당시 모든 지식인층이 행복감에 도취되어 크누센을 읽고 있었고, 그래서 나 역시 자연스럽게 그에 관해 공부하게 됐다. 하지만 얼마 지나지 않아 열광은 당혹스러움으로 바뀌었고, 그다음에는 실망으로 바뀌었다. 나는 그의 이론 체계에서 심각한 모순들을 찾아냈고, 그의 프랑스 제자들의 광란에 가까운 해석과 부연설명 들 속에서 그보다 더 심각한 모순들을 발견했다. 그래서 곧 나의 신념이 생겨났다. 나의 관점에서 볼 때, 크누센주의 철학은 그뤼예르 치즈처럼 구멍이 숭숭 뚫리고 도저히 묵과할 수 없는 전제들로 가득 차 있었다. 그 철학은 누구도 세부적인 사항들을 진지하게 검토해본 적이 없는 완전히 비논리적인 개념을 내포하고 있었고, 지금으로부터 이천오백 년 전의 플라톤에게서도 아주 쉽게 그 반증을 찾아볼 수 있을 정도로 진부한 궤변을 마치 천재적인 발견인 양 소개하고 있었다. 정신분석학에 있어서 크누센주의는 한마디로 말해서 야바위나 다름없었다. 그의 경제적인 관점들에 대해 말하자면, 애덤 스미스와 카를 마르크스가 그걸 봤다면 분명 미친 듯이 웃지 않고는 못 배겼을 것이다. 자민족 중심주의에 모순투성이인데다 일관성 없고 혼란스럽기 짝이 없으며 기만적이기까지 한 크누센의 저서는 내가 보기에 터무니없는 사기 협잡이었다. 하지만 파리에서 그런 얘기를 꺼냈다가는 잘해야 아둔한 인간으로 손가락질을 받을 것이고, 최악의 경우 공공의 적으로 내몰릴 게 틀림없었다. 그렇지만 나는 한 권의 책 속에 그 문제에 관한 나의 모든 생각을 집대성하기로 결심했다. 오랜 집필 작업은 물론이고 출판사를 찾기 위한 말로 다 할 수 없는 고난과 투쟁의 시기를 거친 후에, 나는 마침내『크누센주의, 그것은 사기 협잡』을 출간할 수 있었다. 내 책은 폭발적인 반향을 불러일으켰고, 그 결과 모든 정통 크누센주의자들이 대동단결하여 즉각적으로 방패를 들어올렸다. 프랑스 크누센주의 기관지 PKF는 분노를 표명한 공식 성명들을 과다하게 발표했고, 나를 비난하기 위한 특별판까지 만들어 뿌렸다. 프랑스를 대표하는 석학들은 나의 평판을 떨어뜨리기 위해 신문지상과 텔레비전 무대에 잇달아 등장했다. 그들은 내가 그 책을 쓰게 된 것이 신경증적인 질투, 파시즘에 대한 동조, 성적 무능력 등과 같은 얼토당토않은 동기들 때문이라고 뻔뻔스럽게 갖다붙이면서, 나에게 대항하기 위해 단결해야 한다고 지식인들과 예술가들에게 호소했다. 몇 주일 후, 그 스캔들은 내가 상상도 하지 못했던 규모로 커졌다. PKF의 영향력으로 인해 나는 학계 외부에서조차 불가촉천민처럼 배척을 당했다. 법학대학에서 맡고 있던 사상사 세미나는 아무런 설명도 없이 무기한 연기되었다. 함께 작업을 하던 몇몇 잡지사의 편집자들도 더이상 내 글을 싣지 않겠다고 통보해왔다. 나는 극도로 고통스러운 상황에 처하게 되었다. 심지어 개인적인 생활마저 제대로 해나가기 힘든 지경이 되었다. 적들이 나에게 저지른 온갖 추잡한 짓거리들을 일일이 열거하자면 한도 끝도 없을 것이다. 그들은 내가 쓴 글이라면 뭐든지 꼬투리를 잡고 늘어졌고, 내 논문에 나와 있지도 않은 내용들을 별별 요상한 방법을 동원해 내가 쓴 것처럼 꾸며냈으며, 앞뒤 문맥을 뭉텅뭉텅 잘라내 오해를 불러일으키기 좋을 만한 어떤 한 부분만을 끌어내어 증거인 양 흔들어 보였다. 그나마 내 책을 읽어보려는 노력을 한 신문기자들도 책의 문장들을 인용하면서 오류를 마구 저질렀고, 또다른 신문기자들은 그들과 똑같은 오류를 되풀이하는 것으로도 모자라 발췌문들을 아예 자기 입맛대로 모조리 다 뜯어고쳐 실었다. 전반적으로, 문제의 본질을 진지하게 논의하면서 가하는 비판은 전혀 찾아볼 수 없었다. 나는 무엇보다도 마녀 사냥의 대상이었고, 나를 박테리아로 치부하며 조직적으로 맞서는 지식인 단체들의 적이었다. 그들은 내 책에 관해 토론하는 게 아니라, 나를 악마로 만들어놓고 야유와 모욕적인 언사로 비꼬아댔다. "반크누센주의자는 개다." 심지어 어느 유명한 좌파 지식인은 나에 대해 그렇게 쓰기까지 했다.

나는 당연히 이 나라의 모든 스칸디나비아인에게도 **공공의 적**이 되었다. 그들은 나에게 노르웨이어로 쓰인 모욕적인 편지들을 보냈고, 내 차의 앞 유리창에 스웨덴 국기가 그려진 스티커를 붙여놓고 칼로 타이어들을 모조리 터뜨려놓기도 했다. 어떤 소문들에 따르면, 나 때문에 프랑스와 해당 국가들 사이의 외교 관계가 급격히 냉각되었으며 케도르세*는 계란 위를 걷는 것처럼 위태위태하다고 했다. 오슬로와 스톡홀름에 있는 프랑스 대사관들은 내가 예외적인 인물에 속하며, 파리에는 여전히 크누센주의에 대한 우호적인 감정이 팽배하다는 생각(하기야, 그건 사실이었다)을 퍼뜨리려고 애를 썼다. 하루도 빼놓지 않고 신문에서 직접적이든 간접적이든 내가 표적이 된 기사들을 볼 수 있었다. 나는 때때로 반론을 제기하는 글들을 신문사에 보냈지만 한 번도 게재되지 않았다(그리고 설령 가뭄에 콩 나듯 내 글이 게재되는 경우가 있다 하더라도, 며칠, 심지어 몇 주일이 지난 후에야 한 귀퉁이에 아주 조그맣게, 앞뒤 문맥들을 마구잡이로 잘라내고 실었기 때문에 대개는 전혀 이해할 수 없는 내용이 돼버리거나 다시 한번 오해를 불러일으킬 따름이었다). 논쟁이 절정에 달하고 육 개월이 지났을 때 나의 주장들을 세부적으로 논박하고자 하는 책들이 벌써 세 권이나 쏟아져 나왔다. 내가 보기에는 그중 어떤 책도 설득력이 없었지만, 비평계는

* 파리 센 강변의 오르세 부두는 프랑스 외무성이 소재한 곳으로, 그 자체로 프랑스 외무성 또는 프랑스 외교정책을 의미한다.

만장일치로 그 책들을 격찬했다. 오직 소수의 자유사상가들만이 나에게 씌워진 불명예에 대해 분노하면서 나의 명예 회복을 위해 분투했다. 하지만 그들은 거대한 압착기와도 같은 크누센주의자들의 조직력과 맞서 싸울 역량이 없었다. 대중이 내 책과 나에 대해 어떤 견해를 가지고 있는지를 밝히는 건 소용없는 일이었다.

어느 날, 나는 변조한 목소리임을 단번에 알 수 있는 누군가의 전화를 받았다. 처음에는 지난 몇 달 동안 나에게 이상한 장난전화를 걸어온 사람들 중 하나일 거라고 생각했다. 장난전화 때문에 나는 전화번호를 바꾸고 전화번호부 미등재 신청을 했다. (그들은 일주일에 두세 번씩 나에게 전화를 걸어 내 부모가 곧 죽을 거라고 말하거나, 한밤중에 도시 외곽의 공장 지대로 나오라고 명령하곤 했다.) 하지만 이번에 전화를 걸어온 사람은 자기 말을 흘려듣지 말아달라고 당부하고는, 크누센주의와 스칸디나비아 국가들에 관해 나에게 폭로할 것이 있다고 했다. 그에 따르면, 나는 거대한 베일의 한쪽 귀퉁이를 살짝 들어올린 것에 불과했다. 그곳에서 실제로 무슨 일이 일어나고 있는지는 짐작조차 못 할 거라고 그는 말했다.

"당신은 크누센주의를 이론적으로 파헤쳤지만, 크누센주의는 파리에 있는 몇백 명 지식인들이 이야기하는 문제와는 다릅니다." 그가 단호하게 말했다. "그 나라들에 살고 있는 사람들에게 그건 하루하루의 현실입니다. 공포. 일당독재와 어떤 제약도 없이 자기들 마음대로 행동하는 편집광적인 지배계층들이 장악하고 있는 두 나라. 거기서 반대는 있을 수 없습니다. 사람들이 어디론가 사라지고 있습니다. 국가 경제는 완전히 파산 상태입니다."

나는 소스라치게 놀랐다. 프랑스 지식인 대다수와 심지어 유럽의 일반 대중에게조차 스칸디나비아는 혁명이 계속되고 있는 천국 같은 곳이자 미덕과 가능성으로 가득 찬 새로운 사회 모델로 인식되고 있었기 때문이었다.

"창조 행위는 철저하게 억압받고 있습니다. 그래서 대부분의 예술가들은 스스로 예술가로서의 경력을 버리고 그 나라를 떠났습니다. 모든 언론은 완전히 정부의 손아귀에서 놀아나고 있습니다. 아이들의 교육에 대해서는 말도 마십시오. 그들은 어린아이들에게 하루에 여덟 시간씩 모르톤 크누센의 신성불가침한 텍스트를 암송시키면서 충실하게 복종하는 말하는 원숭이로 만들고 있습니다. 그건 끔찍한 유토피아이자, 과대망상적이고 위험천만한 체제입니다. 부디 계속 싸워주십시오. 저 역시 뭔가를 준비하고 있습니다. 장담하건대, 이 프로젝트는 곧 엄청난 반향을 불러일으킬 겁니다. 다시 전화 드리겠습니다."

그는 나에게 자신의 이름도 연락처도 알려주지 않고 전화를 끊었다. 나는 그가 들려준 놀라운 정보들에 대해 혼자 생각해보지 않을 수 없었다. 만일 그의 말이 사실이라면, 그것은 내가 철학적인 문제보다는 역사적인 문제에 연루되어 있다는 것을 증명해주고 있었다. 하지만 나는 그의 정보들을 확인할 방법이 전혀 없었고, 위험을 무릅쓰고 그 정보들을 공론화할 수도 없었다. 그게 아니더라도 나는 이미 충분히 절망적인 상태였기 때문이다. 어쨌든 그는 자기가 한 약속을 지켜 그 후로 몇 달에 걸쳐 세 차례 나에게 전화했다. 그와의 통화는 항상 아주 짧았고, 통화하는 동안 나는 그의 주장들을 일방적으로 듣기만 했다. 그는 '크누센주의의 기만'에 대해 끊임없이 말했고, 스칸디나비아 국가들의 악몽 같은 상황들을 내게 묘사해주었다. 막강한 권력을 휘두르는 비밀경찰, 만연한 부정부패, 수백 명의 목숨을 앗아간 터무니없는 토목공사들, 중세 시대를 연상시키는 시설에 죄수들로 들끓는 감옥들. 그 모든 정보는 나를 공포로 가득 채웠다. 파리에서 비행기로 세 시간밖에 걸리지 않는 곳에서 전체주의 체제가 카페 드 플로르* 이층의 동의를 만장일치로 얻어 공포정치를 펴고 있었다. 『크누센주의, 그것은 사기 협잡』을 세상에 내놓음으로써 나는 판도라의 상자를 연 것 같았다. 이제 그걸 다시 닫는 것은 내 능력 밖의 일이었다.

최초의 테러는 크리스마스 직전에 발생했다. 초강력 폭탄 하나가 파리 8구 바야르 가에 위치한 노르웨이 대사관을 쑥대밭으로 만들었다. 도합 여섯 명이 사망했고 열 명이 부상당했다. 그로부터 정확히 열두 시간 후에, 앙주 가에 위치한 핀란드 영사관에서 폭탄이 터져 세 명이 죽고 두 명이 중상을 입었다. 대다수의 프랑스인과 마찬가지로 나 역시 어안이 벙벙했다. 나는 밤새도록 텔레비전에서 쉴 새 없이 보여주는 뉴스를 쫓아다녔다. 뉴스들은 참혹한 광

---

* 파리 생제르맹데프레에 위치한, 실존주의와 입체파가 태동한 유서 깊은 카페. 여기서는 파리 지식인들을 의미한다.

경, 연기가 피어오르고 있는 잔해 더미 밑에 혹시 묻혀 있을지도 모르는 생존자를 찾아내기 위해 수색하는 개들, 들보들을 치우고 있는 소방관들, 벌써부터 상황증거를 찾기 위해 현장을 조사하고 있는 수사팀을 보여주고 있었다. 신문기자들과 인터뷰를 하는 테러리즘 전문가들은 다양한 가설을 내놓고 있었다. 전화로 질문을 받은 PKF의 회장은 이 테러 사건들을 프랑스 내에 일기 시작한 반크누센주의 경향 탓으로 돌리면서, 은연중에 내 책과 테러를 연관지었다. 다음날 새로운 뉴스가 보도되었다. 폭탄이 장치된 자동차 한 대가 파리 남쪽 외곽에 위치한 어느 스웨덴 백화점 앞에서 발견되었다는 소식이었다. 내무부는 이제껏 경험해본 적 없는 새로운 형태의 재앙에 대비하고자 파리의 스칸디나비아인 거주 지역들에서 폭탄 수색작업을 벌였고, 그동안 거주민들은 공공시설에 집결시켜 군대의 보호를 받도록 결정했다. 경찰은 노르웨이나 스웨덴 수입 제품들을 파는 모든 상점을 샅샅이 조사했다. 스칸디나비아 국가들의 외교관 관저 주위로는 안전지대가 설치되었다.

노르웨이 총리 테리에 안데르센과 스웨덴 총리 팔레 요르민을 태운 전용기가 한밤중에 루아시 공항에 착륙했다. 그들은 부상자들이 입원해 있는 병원을 방문하고, 프랑스 정부 요인들을 대동해 테러 현장을 찾아가 피해 상황을 직접 확인했다. 그런 다음 그들은 마티뇽*으로 안내되었고, 거기서 프랑스 총리는 무슨 수를 써서라

---

* 프랑스 총리 관저.

도 범인들을 찾아내어 법의 준엄한 심판을 받게 하겠다고 두 총리에게 호언장담했다. 전 유럽 국가에서 분노가 일었고, 스칸디나비아는 깊은 슬픔에 잠겼다. 텔레비전은 곳곳에 설치된 분향소와, 어른들의 지시에 따라 잠시 묵념을 하면서 희생자들에게 조의를 표하는 오슬로나 트론헤임 어린아이들의 심각한 얼굴을 보여주었다.

그 테러 사건들은 나를 난처하게 만들었다. 나는 크누센주의에 대한 이론적인 대립각의 상징으로서 모호한 상황에 처해 있었다. 나는 정중함을 가장한 모든 비난에 대비해 그 가증스러운 테러 행위를 강도 높게 고발하고, 내 책의 내용과 그 맹목적인 폭력 사이에는 어떠한 연관성도 없다는 글을 써서 여러 신문사에 보냈다. 하지만 불행하게도 그건 시간 낭비였다. 이전부터 나에게 깊은 반감을 품고 있던 자들은 테러가 발생하고 며칠 잠잠하더니 얼마 안 가 그 비극적인 사건의 간접적인 책임자로 나를 지목했다. 그들이 설명하는 바에 따르면, 『크누센주의, 그것은 사기 협잡』은 호전적인 반크누센주의자들의 바이블이 되었으며, 그래서 극렬분자들이 바야르 가와 앙주 가에서 폭탄 테러를 감행하게 되었다는 것이었다. 그들 중 어떤 이는 나를 "책임자이자 실질적인 테러범"이라 단정지어 말하기까지 했고, 그래서 나는 그 사람을 즉시 명예훼손으로 고소했다. 하지만 가장 잔인한 공격을 한 것은 크누센주의 인텔리겐치아 세력이 아니라, 다름아닌 프랑스 경찰이었다.

2월 어느 날 아침 여섯시에, 무장을 한 경찰 특공대가 내 침실에 들이닥쳤다. 언론은 경찰의 작전 상황에 대해 미리 통보를 받았고,

그래서 나는 요란하게 터지는 플래시 세례를 받으며 내 집에서 수갑을 찬 채 끌려나왔다. 그들은 지난 몇 주일 동안 연쇄적으로 일어난 테러 사건들의 배후 인물로 내가 용의선상에 올라 있으며 따라서 수사의 일환으로 나를 보호관찰하에 두기로 했다고 설명했다. 나는 엄중한 심문을 받아야 했다. 경찰은 내가 피에르 굴드라는 사람과 관계가 있다고 확신하고 있었다. 그들의 말에 따르면, 피에르 굴드라는 자는 반스칸디나비아 운동을 주도하고 있는 핵심인물이었다. 그 말을 듣는 순간, 나는 나에게 수차례 전화를 걸어온 베일에 가려진 인물이 바로 그자일 거라고 생각하고 그들에게 그와 관련된 모든 이야기를 들려주었다. 나에게 걸려온 전화들, 그 사람이 알려준 새로운 사실들, 그리고 그 사람이 애매모호하게 말했던 그 '프로젝트'에 대해. 내가 그의 이름도 모르고 만난 적도 한 번 없다고 말하자, 그들은 의심의 눈초리로 나를 노려보았다. 법으로 정해진 서른여섯 시간 동안의 심문이 끝난 후, 퍼부어대는 질문에 멍해지고 수면 부족으로 기진맥진해진 나는 마침내 내 변호사와 이야기를 나눌 수 있었다. 변호사는 다음날 날이 밝자마자 나를 유치장에서 풀려나게 해주었고 자기 차로 집까지 데려다주었다. 내가 차 문을 여는 순간, 아파트 앞에서 떼를 지어 기다리고 있던 사람들이 나를 향해 살인마라고 외쳐댔다. 두 명의 카메라맨이 그 광경을 촬영했고, 몇 시간 후에 그 장면이 텔레비전 뉴스에 방송되었다. 신문기자들과 인터뷰를 한 몇몇 지식인은 내가 풀려난 것을 보고 말할 수 없는 분노를 느꼈다고 말했다. 그들은 내가 있어야 할 곳은 집이 아니라 감옥이라고 말했다. 나는 사람들이 밖에서 총을 쏘아댈지도 모른다는 두려움 때문에 덧문을 있는 대로 꽁꽁 걸어잠근 채 집 안에 틀어박혀서 끔찍한 며칠을 보냈다. 끝까지 나를 믿고 지지하는 친구들이 전화를 걸어 내가 용기를 잃지 않고 꿋꿋하게 버틸 수 있도록 도와주었다. 나는 최고의 공공의 적이 된 것 같은 기분이었다. 하마터면 나는 그 책을 쓴 것과, 어떤 면에서 보면 잘못된 것을 바로잡기 위해 정의의 사도 역할을 맡으려 했던 나의 행동을 후회할 뻔했다. 내가 그렇게 하지 않았더라면, 모르톤 크누센의 제자들은 나 따위는 신경쓸 필요 없이 자신들의 영웅을 계속 찬양했을 것이고, 테러리스트들은 나에게 누를 끼치는 일 없이 폭탄을 설치했을 것이다. 하지만 때는 이미 너무 늦어 있었다.

일주일 후, 나는 그 사건을 맡은 예심판사의 소환 명령을 받았다. 이번에는 단지 증인으로 소환된 거였다. 나는 신변 안전을 염려해 법정까지 경찰차로 나를 호송해줄 것을 요청했다. 하지만 나의 요청은 거부되었다. 그래서 나는 택시를 부르고 나서, 창문으로 아파트 앞에 택시가 도착한 것을 확인한 후에야 아래층으로 내려갔다. 나는 레인코트를 입고 옷깃을 세운 채, 주차되어 있는 차 옆 택시 쪽으로 재빨리 달려갔다. 하지만 불행하게도 내 동작은 충분히 빠르지 않았다. 등 쪽에 뭔가가 느껴졌고, 이어서 온몸에 말로 표현할 수 없는 통증이 따랐다. 그다음은 당신들도 잘 안다.

한 젊은이가 지금 나에게 심폐소생술을 해주고 있다. 나는 그의 두 손이 내 가슴을 누르는 것을 느낀다. 때때로 그는 내게로 몸을

200

숙이고 내 입속에 공기를 불어넣는다. 그는 알이 굵은 동그란 안경을 쓰고 있다. 얼마 되지 않는 사람들이 우리 주위에 모여 있다. 하지만 나는 사람들이 뭐라고 말하는지 들리지 않는다. 나는 더이상 숨을 쉬지 않는다. 나는 죽었다. 내 뒤에 남는 자들에게 어떤 조언을 해주어야 할지 모르겠다. 하지만 그들도 이미 알고 있다. 침묵하는 것은 지혜롭고, 모든 걸 나불대는 것은 경솔한 짓임을.

크누센주의에 대해 더 자세히 알아보고 싶으면 다음 도서들을 참조하시라.

『모르톤 크누센의 사상 입문』 (1986)

베르트랑 코크 저

노르웨이 철학자 크누센의 사상을 누구나 쉽게 이해할 수 있도록 해설해놓은 고전적인 입문서.

『모르톤 크누센의 삶과 죽음』 (1980)

아이작 미켈보르그 저

레지 르포르가 노르웨이어 판을 번역한 책으로, 신빙성 있는 전기.

『크누센주의 정치란 무언인가』 (1994)

올리비에 슈미트 저

크누센주의 정치의 다양한 측면에 관한 현실적이면서도 흥미로운 고찰.

『**1978년부터 오늘날까지 프랑스에서의 크누센주의 역사**』(2003)
피에르마리 브누아, 올리비에 사슈 저
　프랑스 지식인들에게 미친 크누센주의의 영향력과 눈부신 발전
에 관한 방대한 시론. 개정판에는 내 책, 그리고 그 책이 불러일으
킨 논쟁에 관한 기술이 추가되었다.

『**크누센주의와 인문과학**』(1995)
모리스 클루아 저
　프랑스 크누센주의의 대가로 알려진 저자가 다양한 잡지에 기고
한 글들을 모아 엮은 평론집. 터무니없는 궤변을 펼치는 정말 웃기
지도 않는 책. 나는 온 힘을 다해 그와 맞서 싸웠다.

『**유클리드부터 크누센까지**』(1998)
이브 부레 저
　유명한 대학교수인 저자가 크누센주의와 정밀과학의 연관성을
정립하고자 쓴 시론. 어처구니없는 책.

『**하이데거를 넘어, 크누센**』(1988)
장피에르 마농 저
　오 년 전 저자 자신이 개진한 어떤 주장에 착안하여 쓴 철학 시

론으로, 전혀 이해할 수 없는 전문용어들로 도배되어 있다. 최근 몇 년간 대학에서 가장 많이 읽힌 책 중 하나.

『크누센주의지誌』(특별호, 1999)
공동 편집
크누센주의를 다룬 저작물들의 총람. 1970년 이래 프랑스어, 영어, 노르웨이어, 스웨덴어, 일본어로 출간된 크누센주의에 관한 저작물들이 이천 페이지 분량 속에 빽빽하게 망라되어 있다.

펼쳐진 책

À LIVRE OUVERT

펼쳐진 책

그 남자에게는 책을 **투시**해 읽는 놀라운 능력이 있었다. 사전의
A면을 펼치면 그는 'abacule(모자이크를 구성하는 작은 입방체)'
와 'abattis(무너진 더미)'의 정의뿐만 아니라 'lémure(망령)'이
나 'zéolite(비석)'의 정의들도 한꺼번에 볼 수 있었다. 하지만 어
린 시절 그에게 이러한 재능은 고통스러운 장애나 마찬가지였다.
그는 자신의 능력을 제대로 조절하지 못했기 때문에, 그에게 13쪽
을 소리 내어 읽으라고 하면 엉뚱하게 67쪽이나 185쪽을 읽는 사
태가 때때로 벌어지곤 했다. 하지만 나이가 들면서 그는 그 능력을
자유자재로 사용할 수 있게 되어, 얼마 지나지 않아 여러분이나 나
처럼 정상적으로 책을 읽게 되었다—그가 페이지를 하나하나 손
으로 넘기는 수고를 항상 하는 건 아니었지만 말이다. 게다가 이따

금씩 추리소설을 읽다가 궁금증이 일 때면, 그는 범죄 장면을 묘사하는 페이지들을 투시하여 범인이 누구인지 밝혀지는 부분을 곧바로 들여다보기도 했다.

시간 이미지

그 남자는 열심히 훈련하면 인간의 의지만으로 시간의 흐름을 일시적으로 멈추게 할 수 있다는 말을 항상 믿고 싶어했다. 그렇게만 된다면 그는 가공할 힘을 소유하게 될 터였다. 시간을 지배하는 자에게는 그 무엇도 저항할 수 없다. 그 생각은 그의 상상력을 끊임없이 자극했다. 그는 냉혹하게 흘러가는 시간을 멈추고 가령 은행 창구 아래 손을 쑤셔박거나, 야바위 같은 게임에서 이기거나, 낯모르는 미녀들의 젖가슴을 어루만지기 위해 세상을 얼어붙게 만드는 장면을 상상하곤 했다. 그는 바람 한 점 없는 어느 날 낮에 한적한 공원 안을 거닐다가, 드문드문 지나가는 행인들을 즐겁게 해주기 위해 동상처럼 부동자세를 취하고 있는 마임 배우를 발견하고는, 자기가 마침내 시간을 멈추는 데 성공했다고 믿었다. 하지만 그의 머릿속에서 영원처럼 지속되던 일 초가 지난 후, 공 하나가 그의 발치에 굴러와 그게 착각임을 깨닫게 해주었다.

에펠탑

한 사람은 철학자고, 한 사람은 수학자다. 그 두 사람에게 상대방의 전문 분야는 앵그르의 바이올린*이기 때문에, 그들은 죽이 잘 맞는다. 어느 날 두 사람은 자신들의 전공 분야의 한계를 실험하기 위해 황당한 게임을 시작했다. 에펠탑이 존재하지 않는 이유를 가장 설득력 있게 설명하는 사람이 그 게임의 승자가 되는 것이었다. 그들은 즉시 게임에 뛰어들었다. 처음에는 장난삼아 시작했지만, 얼마 지나지 않아 미친 듯이 빠져들었다. 일 년 후, 그들은 서로에게 자신의 연구 결과를 알렸다. 두 사람 다 상대방의 설명에 매료되었다. 수학자는 논리적이고 지리학적이며 물리적이고 역학적인 여러 이유 때문에 에펠탑이 존재할 수 없다는 것을 훌륭하게 증명했다. 철학자는 정치적, 역사적, 심리학적, 형이상학적인 고찰에 근거한 추론을 통해 수학자와 동일한 결론에 도달했다. 무승부가 선언되었고, 그래서 두 사람은 크게 당혹스러워하며 헤어졌다. 그 이후 수학자는 자신이 이 세상에 존재하지 않는다는 것을 증명해 보인 그 탑의 발치에 날마다 달려가서, 자신의 정신 건강에 아무 탈이 없다는 것을 확인하기 위해 두 손으로 탑의 쇳덩어리를 만져본다. 한편 철학자는 그 탑에 관한 이야기를 들을 때마다 그 탑은 예로부터 지금까지 언제나 상상의 건축물이었을 뿐이라고 마음

---

* 프랑스 신고전주의 화가 장오귀스트 앵그르는 바이올린에 대단한 열정을 지닌 음악가이기도 했다. 따라서 앵그르의 바이올린은 취미나 두번째 직업을 의미한다.

속으로 확신하며 냉소를 짓는다.

분리주의자들

같은 층에 사는 세 이웃은 역사와 정치학에 푹 빠져 있었다. 그러던 어느 날 그들은 자신들만의 정부를 재미삼아 만들어보기로 했다. 그런데 그들이 이뤄낸 결과물은 스스로 생각해봐도 아주 그럴싸해 보였다. 그래서 그들은 그 장난을 좀더 연장시키기로 마음 먹고 각자 한 자리씩 요직을 차지했다―대통령, 국무총리, 국회의장. 매일 밤 그들은 허구의 공화국 문제들을 논의하기 위해 모여, 법률, 명령, 조례 들을 들먹이며 문제를 해결해나갔다. 그렇게 상상의 나랏일을 돌보던 그들은 마침내 자신들이 실제로 살고 있는 나라를 부정하게 되었다. 어느 멋진 여름 저녁, 그들은 자신들이 사는 층을 독립 주권국가로 엄숙하게 선포했다. 그리고 그 독립 선언문을 국제연합에 팩스로 전달했다. 프랑스 정부 당국은 그 황당무계한 미치광이들이 상상의 나래를 마음껏 펼치며 살아가도록 내버려두었다. 그들이 국고國庫에 대한 권한은 자신들에게 있다면서 납세의무를 거부한 그날이 오기 전까지.

어머니들

"전부 우리 엄마 사진이야." 그 기숙사 친구는 내가 그의 침대 밑 서랍장에서 찾아낸 수십 명의 여자 사진들을 보고 있을 때 불쑥 나타나 나를 깜짝 놀래고는 그렇게 말했다. 그때 그가 설명하기를, 그의 어머니는 매일매일 모습이 달라지고, 심지어 어떤 날은 하루 동안에도 모습이 여러 번 바뀌기도 한다고 했다. "그렇지만 그 사람은 언제나 우리 엄마야." 그가 덧붙여 말했다. "우리 엄만 아무리 모습이 바뀌어도 그 전날 나한테 어떤 벌을 주었는지 정확하게 기억하고 있거든." 나는 흥미로운 그의 이야기에 한편으로 감탄하면서도, 다른 한편으로는 그가 거짓말을 하고 있는 게 아닐까 하는 의심을 지울 수가 없었다. 소등 명령이 떨어지고 나면, 나는 깜깜한 어둠 속에서 낮은 목소리로 소곤거리며 그 믿기 어려운 엄마 이야기를 그에게 물어보곤 했다. 그는 엄마의 모습이 매일 바뀌는 것 때문에 괴롭거나 혼란스러웠던 적은 한 번도 없었지만, 그래도 이런 악몽만은 되풀이되고 있다고 털어놓았다. "오랫동안 나는 엄마가 더이상 날 사랑하지 않게 되어서 날 버리기로 마음먹는 꿈을 꾸었어. 사람들이 아주 많은 곳에서 내 손을 놓아버리고 도망가면 그만일 테니까. 우리 엄마는 죽는 날까지 계속 모습이 바뀔 텐데, 그 수천 명의 여자들 중 누가 우리 엄만지 내가 어떻게 알아낼 수 있겠어?"

거울처럼 반영되는 인생

삼십 년도 넘게 침묵을 지켜오던 그 유명 작가의 미발표작 출간은 그 자체로 대단한 충격이었다. 그런데 그 책을 읽은 비평가들은 당황했다. 책의 내용이 아주 이상할 뿐만 아니라, 이야기가 뭘 의미하는 건지 제대로 파악하기도 어려웠기 때문이다. 책의 내용에 반신반의하는 이들이 많아지면서 열광은 급속히 잦아들었다. 석 달 후, 어느 젊은 서평 담당자가 놀라운 사실을 발견해냈다. 그 책은 앞에서건 뒤에서건 어느 쪽으로 읽어도 똑같은 문장, 똑같은 내용이었다. 그 책의 첫번째 글자는 마지막 글자와 똑같았고 두번째 글자는 끝에서 두번째 글자와 똑같았다. 삼백 페이지 분량 전체가 계속 그런 식이었다. 작가가 그 놀라운 역작을 완성하기까지 근 삼십 년이라는 세월이 걸렸다고 한다. 인터뷰를 하러 온 신문기자들에게 그는 자신이 정말로 간절하게 바라는 것은, 자신에게 남은 살날에 이미 살아온 날들이 똑같이 겹쳐질 수 있도록 지금부터 다시 어린아이로 돌아갈 때까지 계속 젊어지는 것이라고 말했다.

비문碑文

내 친구 피에르 굴드의 무덤에 찾아가, 그가 돌에 새기라고 한 비문을 읽었을 때, 나는 그의 냉소적인 유머와 과대망상을 확실하게 인정했다. "웃지 마라. 네 차례도 곧 올 테니."

환자 중의 환자

그 환자는 십오 년 동안 나에게 진료를 받으면서 나의 모든 의학
지식을 시험했다. 그는 끊임없이 아팠다. 그의 인생은 온갖 감염과
신체 이상 증상을 총망라한 카탈로그였고, 이 세상의 모든 바이러
스가 그의 몸을 거쳐가기 위해 필사적으로 몸부림치는 것 같았다.
그는 한 번도 여행을 한 적이 없는데도 다양한 열대병에 걸렸고,
희귀한 증상들을 달고 살았으며, 보통 사람들은 한 번 걸리고 나면
면역이 생겨 평생 걸리지 않는 그런 질병들에 정기적으로 걸렸다.
오랫동안 나는 그의 의학적 운명을 병약한 신체와 엄청난 불운 때
문이라고 생각해왔다. 수세기 전에 이미 이 나라에서 완전히 사라
진 흑사병과, 그리고 특히 내가 아는 바로는 인간에게 발병된 사례
가 전혀 없는, 말에게만 발병되는 선역腺疫에 그가 연달아 걸렸을
때에야 비로소 나는 그의 불가사의한 능력을 인정하게 되었다.

촉각 예술

그 예술가는 자신이 '촉각 예술'이라 부르는 독특한 작품으로 유

명해졌다. 그의 작품들은 보거나 듣는 것이 아니라 만지면서 감상하도록 제작되었다. 작품을 감상하기 위해 관람객들은 빛이 차단된 전시실 벽에 걸려 있는 작품들을 손가락 끝으로 더듬어야 했고, 게다가 아리아드네의 실을 잡고서 앞으로 나아가야 했다. 손끝으로 느껴지는 감각들은 정말로 놀라웠다. 거기에 매료된 어느 부유한 미술애호가가 그 작가의 촉각 작품들을 모조리 구입해 자기 집에 걸어놓았다. 그는 눈을 가린 채 자신의 수집품들을 지칠 줄 모르고 차례차례 점검하면서, 날마다 새로운 즐거움을 발견했다. 그는 작품을 사들일 때 그 작품들의 비밀을 지키겠다고 예술가와 굳게 약속했었다. 그렇지만 그 작품들을 **보고** 싶은 욕망은 날이 갈수록 점점 더 커져만 갔다. 그 욕망은 마치 사과가 아담을 집요하게 괴롭혔던 것처럼 그를 끊임없이 괴롭혔다. 그리고 마침내 욕망을 더이상 참을 수 없게 되었다. 그래서 어느 날 한밤중에 잠자리에서 일어난 그는 전시실의 벽 위로 손전등을 비추어보았다. 그리고 다음날 아침, 그는 자신의 소장품들을 구입가의 사분의 일 가격에 팔아치웠다. 그리고 얼마 후 그의 지시에 따라 불도저가 그 집 전체를 밀어버렸다.

소리의 속도

남아메리카의 그 도시는 언제나 다른 곳들보다 삶을 더 복잡하게 만드는 어떤 특징이 있었다. 그곳에서는 소리들이 예측할 수 없는 속도로 이동했고, 그래서 모두들 그 도시에서는 정상적인 대화를 나누는 게 불가능하다고 확신하고 있었다. 이따금씩 모든 게 아주 순조로울 때도 있었는데, 그럴 때면 그곳 사람들은 브뤼셀이나 런던, 리스본에서처럼 정상적으로 대화를 할 수 있었다. 하지만 또 어떤 때는 아주 멀리 떨어진 곳에서 사람들이 했던 말이 이쪽에서 느닷없이 터져나오기도 했다. 그런가 하면, 대화 상대가 뭔가 말을 하면 당장에는 그의 입술이 움직이는 것만 볼 수 있을 뿐 그 말소리는 이삼 초, 때로는 그 이상의 시간이 지난 후에야 들을 수 있었다. 어떤 소리들은 몇 미터 거리를 달려오기까지 몇 시간이 걸리기도 했다. 그래서 한밤중에 어느 한적한 골목길을 걷다가 두세 시간 전에 그곳을 걸어갔던 어느 낯모르는 사람의 발걸음 소리에 깜짝 놀라는 일이 드물지 않았다. 그런 현상에 익숙한 그곳 토박이들은 몸짓이나 손동작으로 의사를 전달하며 불쑥불쑥 들려오는 과거의 소리들에 별 불편함을 느끼지 않고 살아가고 있었다. 소리가 갑자기 터져나오는 현상들에 매료된 나는 그 마술적인 도시에서 며칠씩 묵곤 했다. 그럴 때마다 나는 조그만 여관들에 투숙하면서, 하루, 백 일 또는 천 일 전날 밤에 내 침대 속에서 서로 껴안고 뒹굴었던 연인들의 의미심장한 웃음소리에 잠이 깨기를 은근히 기대했다.

운

나는 대서양 연안의 한 카지노에서 그 남자를 만났다. 그는 내 바로 옆 슬롯머신 앞에 앉아 있었다. 나는 그를 보자마자 그의 우아함과 느긋함, 세련된 댄디즘에 깊은 인상을 받았다. 그가 기계의 동전 투입구에 동전을 넣고 레버를 당겼다. 그러자 그 기계는 갑자기 동전을 비처럼 쏟아냈다. 하지만 그는 감정을 전혀 드러내지 않고 그 동전들을 주워 담았다. 그가 다시 레버를 당기자 다시 돈이 쏟아졌다. 그러고 나서 그는 흥미를 잃은 얼굴로 나를 돌아보았다. 나는 그에게 나보다 운이 좋은 것 같다고 사심 없이 말했다. 그는 미소를 지었다. "나는 **항상** 운이 좋아요." 그가 무덤덤한 목소리로 말했다. 우리는 그날 저녁 내내 함께 시간을 보냈다. 게임을 할 때마다 그는 행운이 절대 자기 곁을 떠나지 않는다는 것을 완벽하게 증명해 보였다. 그는 카드, 룰렛, 주사위 게임에서 돈을 땄다. 나는 그를 무작위로 고른 슬롯머신에 앉혔다. 어떤 기계에 앉혀놓아도 그는 점점 더 부자가 될 따름이었다. "나는 행운을 안고 태어났답니다." 그가 말했다. "내 인생은 끝없는 행운의 연속이지요." 그러고 나서 덧붙였다. "당신을 만나게 된 것도 내가 행운아이기 때문이에요. 언제나처럼. 당신 덕분에 앞으로 나에게 어떤 행운이 일어날지는 모르겠지만, 우리 두 사람이 오늘 저녁 이곳에서 만난 게 그저 우연이 아닌 건 확실해요." 그 순간, 그에 대한 나의 호기심에 가벼운 불안이 더해졌다. 나는 그와 함께 얼마의 시간을 보내고 나서,

약속이 있다는 핑계를 대며 카지노를 서둘러 빠져나왔다. 바로 옆 백개먼* 테이블에서 눈부시게 빛나는 모습으로 웃고 있는 아내를 그에게 소개하고 싶은 욕구를 있는 힘껏 억누르면서.

위험한 예술

세이렌의 노랫소리에 넋을 빼앗긴—그 절대적인 아름다움을 즐기려면 대가로 자신의 이성을 바쳐야 한다—미국 예술가는 자기는 아름다움이 아니라 불가역성을 추구한다고 말하곤 했다. "나는 내 예술을 위험한 예술로 만들고 싶어요. 내 예술을 접하는 사람들은 그 순간부터 변화되어 다시는 이전으로 돌아가지 못해야 합니다." 그리고 그는 다른 모든 것을 쓸데없는 것으로 만들고 무효화하는 작품이야말로 완벽한 작품이라는 말도 했다. 그의 첫 작품은 청중들이 청각을 잃지 않고는 연주회장을 떠날 수 없게끔 구상한 심포니였다. 그다음에는 망막을 파괴하는 독성이 있는 물감을 직접 만들어 그것으로 서른 점의 그림을 완성했다. "이상적인 것은 내 그림들을 오랫동안 쳐다보는 관람객이 화랑을 떠나기 전에 장님이 되는 것"이라고 그는 설명했다. 마지막으로 그는 문학 분야에 뛰어들어 자기가 쓴 소설들을 독을 바른 종이에 직접 인쇄한

---

* 서양식 주사위 놀이.

다음, 손을 피로 물들이는 연마지로 제본했다. 그는 이렇게 말했다. "한 번 읽은 사람들이 두 번 다시 읽을 수 없게 만드는 책이 나의 가장 위대한 작품이 될 것입니다. 어느 나라 독자건 간에, 연이어 읽는 다른 모든 문장이 독자의 눈에는 이상하고 불가해하게 보일 것입니다." 그는 자신의 프로젝트를 완성하기 전에 죽었다. 세상 사람들이 단 한 단어도 읽지 못하도록 그의 유언집행자가 불투명한 봉투 속에 넣어 봉한 후 금고에 넣어 세상 반대편 끝으로 부친 미완성 원고만을 남긴 채.

침입자들

나는 그 책과 나란히 꽂아두었던 소설책들을 다시 읽다가, 그 책의 엄청난 힘을 알아차리게 되었다. 그 책은 옆의 다른 책들에 말 그대로 **영향을 미치고** 있었다. 무슨 소린가 하면, 그 책의 주요 등장인물과 대화, 때로는 책의 전체적인 배경이나 주요 부분까지도 옆의 소설책들 속에 고스란히 옮아가 있는 것이 확인된 것이다. 그 사실이 도저히 믿기지 않았던 나는 스톱워치를 이용한 일련의 실험들을 통해 그 현상을 조사해보았다. 그 결과, 그 책의 주인공이 가장 근접해 있는 책들로 옮겨가기까지는 일주일도 채 걸리지 않았고, 그가 자신의 모든 짐을 가지고 그곳에 완전히 자리를 잡기까지는 두세 달도 채 걸리지 않는 것으로 밝혀졌다. 그렇게 해서 그 인물은 이야기의 전개를 점진적으로 수정해나가면서 자신과 닮은 인물들에게서 약혼녀들을 빼앗는가 하면, 그 인물들의 창조자가 그들에게 부여한 보물과 쾌락들을 가로챘다. 또 어떤 때는, 잘생긴 왕자가 다른 책들 속 원래 주인공들에게 자리를 양보하면서, 하찮은 역할은 아니지만 주인공을 보조해주는 역할로 만족하기도 했다. 그리고 육 개월이나 팔 개월쯤 지난 후, 또다른 인물들이 먼저 잠입해 있던 그를 따라 책 속으로 들어와 용병들처럼 난폭하게 그곳을 식민지로 만들고, 저자가 그 책 속에 담아놓은 모든 것들을 탈취했다. 그 과정에서 내용을 왜곡하거나 훼손하고, 조롱하고, 뒤집어엎어 순서를 뒤바꿔놓기도 하면서. 어느 날 나는 이런 불상사가 더이상 일어나지 않도록, 그 기괴한 책이 엉망으로 만들어놓은 책들을 다시 구입하고, 문제의 책을 상자 속에 넣고 맹꽁이자물쇠를 단단히 채운 후 서가에서 멀리 떨어진 곳에 따로 보관했다. 그날 나는 별로 재미도 없는 소설책 몇 권을 구입하면서 가학적인 쾌감을 느꼈다. 그것들을 그 이상한 책이 들어 있는 상자 속에 함께 가두어, 그 책이 새 책들을 훼손하고 능욕하도록 내버려두겠다는 생각만으로도 더할 수 없이 짜릿했다. 그리고 나는 그 이상한 책이 나보다 먼저 죽지나 않을까 염려되어 내 삶이 끝날 때까지 그 책을 정성껏 돌보았다.

『단검에 찔린 유명인들에 관한 안내서』

《LE GUIDE DES POIGNARDÉS CÉLÈBRES》

피에르 굴드가 자신의 소명을 찾은 것은 바로 스페인 작가 엔리케 빌라 마타스의 『바틀비와 바틀비들』을 읽으면서였다. 그 놀라운 책은 무능한 필경사*인 화자가 어떤 상상의 텍스트 페이지 하단의 주석들처럼 구상한, 번호를 매긴 단락들의 형태로 전개된다. 그리고 그 모든 단락은 동일한 주제를 다루고 있다. 자신의 자리를 절대로 떠나려 하지 않으면서 사무실 안에서 아무것도 하지 않고 시간을 보내는, 허먼 멜빌의 소설 『필경사 바틀비』의 주인공의 이름을 딴 바틀비들. 화자가 생각하는 것처럼 바틀비들은 종이에 글을 한 줄도 쓴 적이 없거나, 아니면 겨우 한 줄을 써놓고 결국 글쓰

---

* 문서나 서적을 베껴쓰는 사람.

기를 포기한, '아무것도 쓸 수 없는 상태에 빠진' 작가들이다. 그래서 엔리케 빌라 마타스는 "현대문학의 가장 혼란스럽고 아찔한 시도의 오솔길들에서 '거부'의 미로를 산책해보라"고 독자들에게 권한다. 즉, "글쓰기란 과연 무엇인가를 자문하고 글쓰기의 불가능성 주위를 서성이며 맴돌아보라"고 말이다.

새로운 이야기에 적응하기 위해 처음 몇 페이지를 읽은 후(굴드는 책을 읽기 시작하는 것보다는 끝마치는 것을 좋아했다. 창작자들과 철학자들이 꿈꾸는 그 책 전체를 자기가 소유하고 있다면, 구태여 그걸 다시 읽을 필요가 있겠는가? 책 속에 모든 게 쓰여 있는데), 그렇게 몇 페이지를 읽고 난 후 굴드는 그 스페인 작가에게 완전히 빠져들었다. 그는 그 책에서 유명한 이름들—발저, 랭보, 키츠, 샐린저—과 잘 모르는 이름들—보비 발젠, 그레고리오 마르티네스 시에라, 엔리케 반치스—을 발견했다. 그는 한 권의 저작도 없는 작가들이나 유산되어버린 작품을 쓴 저자들의 태도에 놀라고, 분명 재능이 있는데도 더이상 글을 쓰지 않으려 하는 그들의 집요함에 감탄했다. 엔리케 빌라 마타스의 화자는 자신의 열한번째 주석에서 자신의 책과 비슷한 어떤 선집을 언급하고 있었다. 『문단의 이클립스들』. 프랑스 작가 로베르 드랭이 쓴 것으로, **단 한 권**의 책을 쓰고 나서 영원히 글쓰기를 포기했다는 공통점이 있는 작가들을 다룬 작품이었다. 하지만 거기서 화자는 다음과 같이 분명히 밝히고 있다. "이 책에 나오는 모든 작가는 가공의 인물이며, '바틀비들'에 관한 이야기들도 사실상 드랭 자신이 만들어낸 것이다."

굴드는 그 문장을 여러 번 되풀이해 읽으면서, 드랭이라는 작가와 그의 책이 정말로 존재하는 것인지, 아니면 그것마저 지어낸 것인지 궁금했다. 한 프랑스 작가가 자신보다 먼저 그런 생각을 했다는 사실에 조금의 중요성도 부여하지 않으면서 너무도 거침없이 그 말을 언급하고 있는 빌라 마타스의 태도로 보자면 후자가 더 그럴듯해 보이긴 했지만. 어쨌든 간에, 굴드는 드랭의 『문단의 이클립스들』을 지배하고 있는 생각이 빌라 마타스의 생각보다 더 흥미롭다고 생각했다. 빌라 마타스의 선별 기준들은 더 느슨했다. 그의 '바틀비들'은 작가로서의 명예로운 경력을 시작하기도 전에 결국 글쓰기를 포기했다. 반면 드랭의 '이클립스들'은 단번에 세상 사람들을 도취와 열광에 사로잡히게 한 후, 단호하게 글쓰기를 포기했다. 전자는 자신들의 작품이 성공하건 말건 아예 상관조차 하지 않았고, 후자는 자신들의 처녀작이 성공하는 것을 확인할 수 있었다.

드랭이 실제 존재한 작가이건 아니건 간에, 굴드는 그 스페인 작가가 그에 관해 더이상 말하지 않는 게 아쉬웠다. 안타깝게도 전혀 자세하지 않은 이런저런 암시들이 여기저기 흩어져 있을 뿐이었다. 단 한 권의 책을 쓰고 나서 스스로 글쓰기를 포기하는 것. 그 생각이 굴드를 사로잡기 시작했다. 그는 자기가 그 생각에서 결코 벗어날 수 없으리라는 것을 아주 분명하게 인식했다.

굴드는 이런저런 방면으로 조사를 해보았다. 하지만 로베르 드랭이라는 인물에 관해서는 아무것도 찾아내지 못했다. 그리고 어디에서도 『문단의 이클립스들』이라는 제목의 책은 찾아볼 수 없었다. 그 프랑스 문인은 엔리케 빌라 마타스가 만들어낸 가공의 인물이라는 것이 이제 명확해졌다. 굴드의 내면에 잠자고 있는 애서가가 이러한 사실에 모순을 느꼈다면, 다른 한편으로 곧 작가가 될 그는 그 사실이 제시하는 가능성들을 즉시 직감했다. 굴드는 항상 작가가 되기를 갈망해왔지만, 그럼에도 그 야망을 실현하기 위해 용기 있게 뛰어든 적이 한 번도 없었다. 게으르고 비관적인 그는 자신의 자존심을 냉소적인 태도로 억눌렀고, 한 번씩 거만이 극에 다다랐을 때는 사실 자기는 꾸준히 글을 쓰는 끈기 하나만 빼고 작가에게 필요한 모든 재능을 다 가지고 있다고 생각하며 스스로를 달래곤 했다. 로베르 드랭이 실존 인물이 아니라는 사실에 착안하여, 굴드는 노력이나 실력보다는 장난치듯 문단에 들어가, 그 장난 같은 작품을 최고의 걸작이라고 떠받드는 사람들을 냉소적으로 조롱하면서 자신의 승리를 배로 즐길 수 있을 것이었다.

굴드는 곧 **한 권**의 책을 쓸 생각이었다. 단 한 권의 책. 그는 그것으로 자신의 문학적 재능을 증명한 후에 문학을 영원히 포기할 것이고, 그렇게 함으로써 한 명의 이클립스, 로베르 드랭의 작품 속에 등장하는 인물이 될 터였다. 로베르 드랭이 실제로 존재하지 않는 이상, 그 소설 속 주인공들 중 한 명이 되겠다는 그의 의도에 누구도 이의를 제기할 수는 없었다. 단 한 권의 책으로 굴드는 열 권이나 백 권의 책을 쓴 사람들보다 더 위대해질 수 있을 터였다. 그는 동시에 두 개의 문을 통해 문단에 들어가 문학의 얼을 빼놓고 난 후에, 왕이 자기가 총애하던 시녀를 내쫓는 것처럼 문학을 버릴 테니까. 그리고 문학의 매혹적인 마법들을 다루면서 그것이 필연적으로 그에게 퍼뜨리려 할 독—바틀비의 강박관념인 **작품**의 독—에 대비해, 그는 자기가 쓴 단 한 권의 책 속에서 절필을 선언하고, 진정으로 위대한 작가답게 맹렬하게 글쓰기를 거부하면서 작가로서의 찬란한 미래를 스스로 파괴할 생각이었다.

글쓰기에서 굴드의 탄생은 그러므로 그의 문학적 죽음이기도 할 것이다. 그는 진정한 이클립스가 되어야 하니까. 바로 그런 역설을 곰곰이 생각하다가, 그는 죽음에 관한 책을 쓰기로 결심하게 되었다. 책을 쓰는 도중에 자신의 죽음을 준비할 수 있으려면 그게 가장 좋은 아이디어라는 생각이 들었던 것이다. 그는 계속 머리를 굴리다가 자신이 몇 년 전에 구상했으나 물론 쓰지는 못했던 어떤 책을 떠올렸다. 『단검에 찔린 유명인들에 관한 안내서』. 그의 계획은 한 가지 공통점이 있는 유명인들, 즉 단검에 찔려 살해당하거나 살해 대상이 된 적 있는 유명인들에 관한 선집을 만들겠다는 것이었다. 왜 그런 터무니없는 생각이 당시 자신의 머릿속에 떠올랐었는지는 기억나지 않지만, 그 생각이 이번 목적에 완벽하게 들어맞는다는 사실만큼은 알 수 있었다. 『단검에 찔린 유명인들에 관한 안내서』는 그의 처녀작이 될 터였다. 그리고 또한 그의 마지막 책이 되도록 하기 위해, 그 책을 다 써갈 즈음에 그는 누군가의 칼에 자신의 가슴 한복판을 기꺼이 찔릴 것이다. 전체적인 계획은 세워졌다.

굴드는 그다음 몇 주일 동안 조사와 연구에 매진했다. 그는 빌라 마타스의『바틀비와 바틀비들』에 경의를 표하면서, 번호가 매겨진 그 책의 단락들을 모방하고 그것과 똑같은 구성, 즉 단검에 찔린 사람의 성과 이름을 기입한 후 암살 또는 암살 시도가 있었던 날짜와 정황을 기록하는 방식으로 글을 써나가기로 했다. 굴드는 또한 시적인 문체로 글을 쓰길 기대하면서, 연대순이든 알파벳순이든 순서는 전혀 지키지 않기로 했다. 그는 일단 참고 자료들을 다 모으고 난 후, 완전한 바틀비의 자세를 버리고 새로운 이클립스가 되기 위해 과감하게 글쓰기에 돌입했다.

1. 조지 해리슨
영국 가수, 비틀스의 전 멤버.
1999년 12월 30일, 조지 해리슨은 미국의 헨리 시*에 있는 자택에서 어떤 정신이상자의 칼에 찔렸다. 첨단 보안 시스템을 뚫고 집 안으로 들어간 침입자는 침실 앞에서 해리슨과 바로 맞닥뜨린다. 격렬한 몸싸움이 벌어지고, 그 과정에서 해리슨이 몇 차례 칼에 찔린다. 해리슨의 아내 올리비아가 동으로 만든 램프 다리로 괴한의 머리를 가격해 정신을 잃게 만든다.

계속 써나가기가 어려웠다. 굴드는 자신의 변화가 돌이킬 수 없는 것임을 알고 있었다. 어떤 문학적 의도를 갖고 종이 위에 첫 단

---

* 실제로 헨리 시는 미국이 아니라 런던 서부에 위치해 있으나, 원문에는 미국으로 되어 있다.

어를 쓰는 순간, 완전무결한 바틀비로서의 그의 위상은 연기가 되어 영원히 사라졌기 때문이다. 그렇지만 이왕 시작했으니 끝을 봐야만 했다. 그는 꿋꿋하게 버티면서 『단검에 찔린 유명인들에 관한 안내서』의 첫번째 항목을 마침내 완성했다. 그다음부터는 좀더 쉽게 풀려나갔다.

9. 베르트랑 들라노에
프랑스 정치인, 파리 시장.
파리 시장 베르트랑 들라노에는 2002년 10월 5일에서 6일로 넘어가는 밤*에 시청에서 한 정신이상자의 칼에 찔렸다. 복부에 칼을 맞은 그는 바닥에 쓰러졌고, 그사이 경호원들이 괴한을 붙잡았다. 그는 소방구조대에 의해 피티에 살페트리에르 병원으로 옮겨져 수술을 받았다.

14. 베리 공작
프랑스 귀족, 부르봉 왕가의 마지막 계승자가 될 뻔한 인물.
1820년 2월 13일에서 14일로 넘어가는 한밤중에, 베리 공작은 파리 오페라 극장 출구에서 마구馬具를 만드는 직공의 칼에 찔렸다. 그는 피습당한 지 몇 시간 만에 사망했다. 그는 아르투아 백작의 아들이자 루이 18세의 조카로, 부르봉 왕가를 계승할

---

* 매년 10월 첫째 주 토요일에 백야 축제가 열려 파리 시내의 공공시설과 관광지를 시민들에게 개방한다.

인물이었다. 암살자는 체포되어 단두대의 이슬로 사라졌다. 암살자에게는 안된 이야기지만, 당시 임신 상태였던 공작부인은 미래의 샹보르 백작이자 부르봉 왕가의 계승자가 될 보르도 공작을 낳았다.

26. 마리오 만티즈
미국의 음악가.

1977년 11월 3일, 미국의 베이스 연주자 마리오 만티즈는 런던에서 열린 특별 공연을 마치고 공연장을 나오다가 괴한의 칼에 심장을 찔렸다. 과다 출혈로 인해 그는 몇 분 동안 임상적 사망 상태에 있었다. 병원 응급실로 옮겨진 후 개심술을 받은 그는 오 주 동안 혼수상태에 빠져 있었다. 그때 그는 일종의 사후 세계를 체험했고, 후일 그 체험을 토대로 『죽음의 환영』이라는 책을 출간했다.

『죽음의 환영』은 언뜻 생각하기에 순수문학 장르로 보기는 어렵지만, 그래도 이 스물여섯번째 항목은 문학과 긴밀한 관계가 있다는 인상을 주고 있었다. 굴드는 한 가지 주제에 관한 자료들을 수집하면서 칼에 찔린 문학인들을 우선적으로 다루는 것이 현명하지 않을까 자문해보았다. 그런 식으로 한다면 분명 다음과 같이 되었을 것이었다.

44. 에토레 카프리올로와 이가라시 히토시

각각 이탈리아와 일본의 문인, 『악마의 시』의 번역자들.

1991년 7월 3일, 번역자 에토레 카프리올로는 밀라노에 있는 자신의 아파트 안에서 여러 차례 칼에 찔린다. 자신을 이란인이라고 밝힌 범인은 카프리올로가 번역한 소설 『악마의 시』의 저자 살만 루슈디의 주소를 알아내기 위해 범행을 저질렀다고 말했다. 1991년 7월 12일, 이슬람 전문가이자 일본어판 『악마의 시』 번역자인 이가라시 히토시 교수는 도쿄의 쓰쿠바 대학 캠퍼스 안에서 단검에 찔려 사망했다.

51. 나기브 마푸즈

이집트의 소설가, 1988년 노벨문학상 수상 작가.

1994년 10월 14일, 작가 나기브 마푸즈는 카이로의 한 대로에서 괴한이 휘두른 칼에 맞아 경동맥이 끊어졌다. 그를 습격한 범인들은 그가 몇몇 종교 집단의 경고에도 불구하고, 1954년[*]에 출간된 그의 소설 『우리 동네 아이들』을 부인하지 않았다고 그를 비난했다.

78. 크리스토퍼 말로

영국의 문인.

---

[*] 『우리 동네 아이들』은 실제로는 1959년에 출간됐다.

1593년 5월 30일, 작가 크리스토퍼 말로는 케임브리지 근처의 한 선술집에서 일어난 사소한 술값 시비로 칼에 찔려 죽는다. 그렇지만 정치적인 이유가 살해의 주된 이유였던 듯하다. 윌리엄 셰익스피어는 『뜻대로 하세요』에서 어릿광대 터치스톤의 입을 빌려 선배*의 그러한 운명에 대해 암시하고 있다. "그대가 짓는 시들이 계속 이해받지 못하고, 아낌없이 발휘된 그대의 재치가 그 분별 있고 당돌한 여자아이의 호응을 얻지 못할 때—아! 그건 허름한 선술집에 쌓인 엄청난 외상값보다 더 목숨을 위협하지."

하지만 굴드는 항목들을 처음 쓴 그대로 무질서하게 놔두기로 하고, 여세를 계속 몰아갔다. 그리하여 그는 곧 백번째 항목에 다다랐다.

100. 사디 카르노
프랑스의 정치인, 제3공화국 대통령.
1894년 6월 24일, 프랑스 공화국 대통령 사디 카르노는 리옹에서 이탈리아의 한 무정부주의자의 칼에 찔렸다. 그는 몇 시간 후에 사망한다. 범인은 오귀스트 바이양**이 사형을 선고받자 그

* 크리스토퍼 말로는 셰익스피어보다 두 달 먼저 태어났고, 셰익스피어에게 많은 영감을 주었다.
** 1893년 12월 9일 프랑스 국민의회 건물에 폭탄을 던진 인물.

에 대한 복수로 범행을 저지른 것으로 보인다. 체포된 범인은 같은 해 8월 15일 단두대에서 목이 잘렸다.

145. 필리프 두스트 블라지
프랑스 정치가, 루르드 시장, 문화부 장관.
1997년 5월 2일, 필리프 두스트 블라지는 프랑스 루르드의 라 그로트 가에 위치한 한 상점 안에서 오피넬* 나이프에 찔렸다. 괴한은 몇 분 후 근처 카페에서 체포되었다. 정신이상자인 범인은 시청 앞에서 자살을 시도한 전력이 있었고 시청 복도에서 이미 한 차례 두스트 블라지의 목숨을 노린 적이 있었다.

186. 모니카 셀레스
미국의 여자 테니스 챔피언.
1993년 4월 30일, 독일 함부르크 오픈 8강전 경기를 하던 테니스 선수 모니카 셀레스가 육천 명에 가까운 관중들이 지켜보는 가운데 동독의 한 정신이상자의 공격을 받아 등에 칼을 맞았다. 중상을 입은 그녀는 즉시 병원으로 후송되었다. 이 사건으로 그녀는 몇 년 동안 선수 생활을 중단해야 했다. 범인은 셀레스의 주요 라이벌인 슈테피 그라프의 광팬으로, 슈테피 그라프를 위해 그 같은 범행을 저질렀다고 밝혔다.

─────────────

* 프랑스의 유명한 칼 제조회사 이름.

243. 살 미네오

미국 배우.

1976년 2월 12일, 미국 배우 살 미네오는 로스앤젤레스의 어느 거리에서 느닷없이 가슴에 칼을 맞았다. 경찰은 그의 외투 주머니에 이십일 달러의 현금이 그대로 있는 것을 발견하고, 노상 강도에 의해 살해된 게 아니라는 결론을 내렸다. 오랜 수사 끝에 경찰은 동거녀의 제보를 받고 이십일 세의 한 청년을 체포했다.

245. 안나 린드

스웨덴 외무부 장관.

2003년 9월 10일, 스웨덴 외무부 장관 안나 린드는 스톡홀름 중심가의 한 백화점에서 정체불명의 남자가 휘두른 칼에 찔렸다. 그 괴한은 그녀의 팔, 복부, 가슴을 찌른 후 달아났다. 안나 린드는 카롤린스카 병원으로 긴급히 후송되었지만 과다 출혈로 끝내 숨을 거두었다.

259. 앙리 3세

프랑스 국왕.

1589년 8월 1일, 앙리 3세는 생클루에서 구멍 뚫린 의자*에

---

* 프랑스의 왕족과 귀족 들은 구멍이 뚫린 의자에 앉아 용변을 봤다.

234

앉아 있던 중 도미니크회 수도사 자크 클레망의 칼에 맞았다. 그는 자기 몸에 꽂힌 칼을 빼내어 습격자에게 부상을 입혔고, 그후 당시 공소관이었던 라겔과 왕의 시종 벨가르드가 달려와 습격자를 창밖으로 내던졌다. 왕은 다음날 앙리 드나바르를 불러 후계자로 지명하고 자리를 지키고 있는 영주들에게 그에 대한 충성을 맹세하게 한 후 부상이 도져 사망했다.

288. 그레그 풀턴
남아프리카공화국 아이스하키 챔피언.
2002년 9월 6일, 남아프리카공화국의 아이스하키 선수인 그레그 풀턴은 자기 집에서 괴한의 칼에 찔렸다. 역시 아이스하키 선수였던 아내의 도움으로 풀턴은 괴한을 제압하고 경찰에 신고했다. 그러나 그는 프리토리아의 메리 병원으로 후송되던 중 의식을 잃었다.

굴드는 이런 식으로 삼백 개의 항목을 작성했다. 작업을 끝마치고 난 그는 이제 자신이 후세에 영원히 기억될 수 있도록 대미를 장식했다. 『단검에 찔린 유명인들에 관한 안내서』의 마지막 항목은 그의 죽음을 알리고 있었고, 따라서 그는 그 마지막 항목 덕분에 로베르 드랭의 『문단의 이클립스들』에 속할 수 있게 되었다.

301. 피에르 굴드

벨기에 작가.

이 책을 출간하고 딱 한 달째 되는 날, 나는 내 집 문턱에서 괴한의 칼에 찔려 죽는다. 사건의 인위적인 양상으로 볼 때 자살에 가까운 이 비극적인 소멸은 처녀작을 내놓은 이후 문학을 완전히 포기하고자 했던 나의 의지에 부합된다. 나는 이제 한 명의 이클립스, 그러니까 로베르 드랭이 그의 책 『문단의 이클립스들』에 모아놓은 가상의 작가협회에 당당하게 자리를 차지한 회원이다. 나의 유일한 책은 나를 문학의 영웅으로 만들어주었다.

그는 언젠가는 꼭 그 마지막 몇 마디를 끼워넣고 싶었다. 그의 작가로서의 경력은 끝나고 있었고, 이클립스가, 소멸이 그에게 두 팔을 내밀고 있었기 때문이다. 그는 육신의 죽음을 계획함으로써 자신의 문학적 죽음을 확보했다. 그의 정결 서약은 끝까지 지켜질 것이고, 따라서 그의 유일한 책 이후에는 다른 어떤 책도 나올 수 없을 것이었다.

『단검에 찔린 유명인들에 관한 안내서』의 저자는 그 책을 자비로 출간해 세심하게 신경써서 선택한 몇몇 서점에 위탁했다. 그는 책이 거의 팔리지 않을 것임을 알고 있었지만 전혀 개의치 않았다. 중요한 것은 바로 암살자가 삼백한번째 항목을 읽고 그 예언을 실행에 옮김으로써, 굴드를 드랭의 이클립스들 가운데 하나로 만들어 그의 문학적 영광을 확보해주는 것이었다. 이제 뭐든 간에 글로 쓰지 않으려고 조심하면서 예정된 날짜를 차분하게 기다리기만 하면 되었다. 마음을 딴 데로 돌려 유혹을 이겨내기 위해, 그는 드랭이라는 인물을 만들어낸 엔리케 빌라 마타스가 굴드의 놀라운 운명을 알게 되어 자신의 소설 『바틀비와 바틀비들』을 수정하기로 마음먹고는 소설에 다음과 같이 시작되는 단락을 덧붙이는 장면을 즐겨 상상하곤 했다.

85-2. 피에르 굴드는 바로 이 책을 읽고 나서, 어떤 작품을 쓰기 위해 작가가 되는 것이 아니라 작품을 쓰지 않기 위해 작가가 되는 것이 곧 자신의 소명임을 발견했다. 『문단의 이클립스들』에서 로베르 드랭이 묘사한 인물들의 부조리한 태도에 매료된 그는 스스로 그 이클립스들 중 하나가 되기로 결심하고 그의 유일한 작품으로 남을 『단검에 찔린 유명인들에 관한 안내서』를 썼다.

마침내 살해의 날이 하루 앞으로 다가왔다. 극도로 신경이 곤두선 굴드는 일상적인 일에 몰입하려 애썼다. 그는 청구서를 정리하고, 편지들을 분류하고, 유언장을 다시 읽었다. 그날 밤은 힘들었다. 그는 잠을 이룰 수가 없어, 날이 새기를 기다리면서 냉기가 도는 집 안을 좀비처럼 헤매고 다녔다. 새벽이 밝아왔을 때, 그는 자신에게 있는 것 중 가장 고상한 옷을 꺼내 입고, 간단하게 식사를 한 후에, 집 문 앞으로 나갔다. 그는 고개를 꼿꼿이 쳐들고, 자신이 단검의 일격을 받아 새로운 세상으로 보내지기를, 드랭의 '이클립스들'에 합류할 수 있기를 용감하게 기다렸다. 그는 만반의 준비가 되어 있었다.

물론 아무도 그를 살해하러 오지 않았다. 설령 『단검에 찔린 유명인들에 관한 안내서』를 읽은 독자들이 있었다고 해도, 그 저자가 자신의 프로젝트를 실현할 수 있도록 도와줄 용기가 있는 독자는 한 명도 없었다. 굴드는 해질녘까지 희망을 버리지 않았다. 암살자가 어쩌면 개와 늑대의 시간*에 행동하는 걸 더 좋아할지도 모른다고 생각하면서. 시간이 시시각각 흘러갔다. 별도 뜨지 않은 밤의 어둠 속으로 스러지던 해가 마침내 완전히 자취를 감췄다. 거리는 텅 비어가고 있었다. 열한시 종이 울리고 나서 자정을 알리는 종이 울렸다. 『단검에 찔린 유명인들에 관한 안내서』를 출간한 지 한 달하고도 하루째였다. 그런데도 굴드는 아직 살아 있었다. 삼백한번째 항목은 잘못된 것이었다. 그것은 작품 전체의 신뢰도를 떨어뜨릴 우려가 있었고, 한편으로는 그것 때문에 그가 다시 글을 쓰고 싶은 욕망을 억누르지 못할 우려가 있었다. 그리고 만일 그렇게 된다면 그는 이클립스 집단에 들어가지 못하게 될 터였다.

당혹감에 사로잡힌 그는 손수 자기 배에 단검을 찔러넣을 생각을 했다가, 그건 작품을 배반하는 행위라는 것을 깨닫고 단념했다. 체념하고 받아들여야 했다. 그의 계획이 실패했다는 것을. 화가 난

---

* 해질녘을 의미하는 프랑스어 표현.

굴드는 집 안으로 다시 들어갔다. 그가 패배자처럼 발을 질질 끌면서 계단을 올라가는 동안 눈에서는 눈물이 흘러내리고 있었다. 다음날도 그는 쓰라림과 분노로 뒤범벅된 채 잠을 이루지 못했다. 그는 책상 앞에 앉아 『단검에 찔린 유명인들에 관한 안내서』의 원고를 다시 붙잡았다. 정말 실패한 것일까? 그는 이 참담한 실패를 자신이 직접 완성시킴으로써 명예를 보전할 것이었고, 자신의 패배를 진심으로 인정하지 않는 사람답게 자기파괴적으로 맹렬하게 자신의 실패를 강조할 것이었다. 그는 만년필을 잡고, 허공 속으로 뛰어들 준비를 하는 사람처럼 침착하게, 있을 수 없는 일을 해냈다. 즉, **그는 글을 다시 쓰기 시작하고** 문학이 자신을 짓밟게 내버려두면서 자신의 작품에 삼백두번째 항목을 덧붙였다.

302. 엔리케 빌라 마타스와 로베르 드랭
스페인과 프랑스의 작가.
이 책이 출간되고 한 달하고도 하루가 지난 날, 엔리케 빌라 마타스와 로베르 드랭은 각각 자신들의 집에서 나의 칼에 찔린다. 그들에게서 영감을 얻어 시도한 나의 문학 프로젝트(앞에 소개된 항목을 참조할 것)가 참담하게 실패하고 난 후, 나는 내가 실패한 이유가 부분적으로 그들 때문이라고 생각하고, 이러한 깨달음에서 결론을 이끌어낸다. 나는 행동하기 전에 먼저 이 마지막 항목을 작성한다. 이렇게 함으로써 이클립스가 되려는 나의 야심에 종지부를 찍게 된다는 사실을 명심하면서. 로베르 드랭이 존재하지 않는 한, 그리고 『단검에 찔린 유명인들에 관한 안내서』라는 작품의 가련한 주인공인 한 허구의 인물이 계획한 암살 기도를 엔리케 빌라 마타스가 전혀 두려워하지 않는 한, 나는 행동으로 옮기는 데 단 일 초도 주저하지 않겠노라고 덧붙인다.

물뿌리개

L'ARROSOIR

몇 년 전부터 피에르와 나는 지역의 벼룩시장과 고물상 들을 함께 뒤지고 다녔다. 우리 힘으로 고쳐쓸 수 있을 만한 녹슨 침대 프레임이나 덜걱거리는 찬장, 또는 건들거리는 탁자를 발견했을 때 우리는 세상을 다 얻은 것처럼 행복했다. 피에르가 사들인 물건들을 보관하는 차고는 세월이 흐르면서 점점 넘쳐나게 되었고, 그래서 그의 집은 낡은 가구들의 끔찍한 집하장 비슷하게 변해가고 있었다. 뿐만 아니라 피에르 자신도 몇 주일 전에 어떤 장터에서 구입한 가구들과 골동품들을 또다른 장터에서 되파는 고물장수가 되어가고 있었다. 나는 어떤 면에서 그의 우정 어린 조력자였고, 그래서 우리는 새로운 물건들을 살펴보고 그걸로 뭘 할 수 있을지 알아보기 위해 정기적으로 그의 집에서 만났다. 그날 우리는 엄청나게 큰 노르망디식 장롱에서 떨어져나온 문짝, 종이가 누렇게 뜨고 쭈글쭈글해진 아주 오래된 성인 잡지 꾸러미, 그리고 제작자들의 헌사가 적혀 있고 대부분 망각 속에 사라진 독특한 EP 음반들을 하나하나 살펴보고 있었다. 나는 피에르에게 그중 몇 장을 낡은 축음기에 틀어보자고 제안했다. 하지만 그는 슬픈 미소를 띤 얼굴로 지금 자기가 마음 편히 웃고 즐길 기분이 아니라면서 내 제안을 거절했다. 그제야 나는 그의 안색이 나쁘다는 것을 알아차렸다. 그에게 뭔가 근심이 있는 듯해서 이유를 물었다. 처음에 그는 아무도 귀찮게 하고 싶지 않다고 둘러대며 한사코 이유를 말해주지 않으려 하다가, 마침내 진절머리가 난다는 표정으로 낡고 녹슨 물뿌리개를 가리켰다.

"저게 바로 골칫거리야."

"물뿌리개?"

"몇 달 전부터 저걸 되팔아보려고 무지하게 애를 썼어. 하지만 아무리 해도 처분할 수가 없어. 저걸 사겠다는 사람이 아무도 없더라고."

그는 나이가 드니 장사 수완도 점점 퇴보하는 것 같다고, 그래서 자기가 그 물뿌리개를 팔지 못하는 게 아닌가 하는 자괴감이 든다고 아주 진지하게 말했다. 그러고 나서 나에게 혹시 그 물건에 관심이 없는지 묻고는, 만일 관심이 있다면 '특별 우대 가격'으로 주겠다고 했다. 하지만 나는 그 제안을 거절했다. 십 분 후에 그가 다시 시도했다.

"이건 흔히 볼 수 있는 그런 물뿌리개가 아니야, 자네도 알겠지
만."

그의 집요함에 나는 짜증이 났다. 그의 직업적인 문제들을 동정
할 마음은 있었지만, 그 문제를 내 돈으로 해결해줄 생각은 없었다.

"거기서 광천수가 흘러나오기라도 하나?" 나는 빈정거리며 물
었다.

"이건 유명한 프랑스 철학자가 쓰던 거야."

"정말?"

"나한테 이걸 판 친구가 그 철학자의 이름을 말해줬는데, 그만
까먹어버렸어."

그는 나를 놀리고 있는 게 분명했다. 그는 물뿌리개를 집어들더
니, 신경질적으로 나에게 따라오라고 했다. 우리는 밖으로 나왔다.
그는 정원에 물을 줄 때 씀직한 수도꼭지 쪽으로 나를 데려갔다.
수도꼭지에는 탄성이 있는 고무호스가 끼워져 있었다. 피에르는
생각에 잠긴 표정으로 호스를 주의 깊게 살피고 나서 나에게 물뿌
리개를 내밀었다.

"해봐."

"뭘?"

"거기다 물을 가득 채워."

도대체 뭘 하자는 것일까? 나는 그가 시키는 대로 했다. 그런데
물뿌리개에 물을 받는 순간 물이 그대로 콸콸 쏟아지면서 내 발을
흠뻑 적셨다. 깜짝 놀란 나는 물을 잠그고 물뿌리개를 뒤집어 바닥

을 살펴보았다. 하지만 바닥은 멀쩡했다. 피에르는 아무리 시도해봤자 결과는 마찬가지일 거라는 듯 무기력함과 근심이 뒤섞인 얼굴로 나를 살펴보고 있었다. 나는 수도꼭지를 틀어 물뿌리개에 다시 물을 채워보려 했다. 하지만 물은 다시 그대로 쏟아져 바닥에 물웅덩이를 만들었다.

"도대체 이게 뭐야? 바닥에 구멍이 뚫린 것도 아닌데 물이 새다니!"

피에르는 화가 난 표정으로 두 손을 주머니에 찔러넣었다.

"내가 이 물뿌리개의 비밀을 말해줘도 자네는 믿지 않을 거야."

"말해봐."

"이건 아주 무시무시한 물뿌리개야. 현상학적인 물뿌리개지."

"뭐라고?"

"현상학적인 물뿌리개라고. 이 물뿌리개의 재료로 쓰인 금속은 사람들이 볼 때만 존재해."

기겁을 한 나는 물뿌리개를 내려놓았다.

"하지만 위험한 물건은 아니야…… 도대체 뭐가 어떻게 된 일인지 파악하기까지 시간이 좀 걸렸어. 그러고 나서 마침내 알게 됐지. 이 물뿌리개의 내벽은 누군가가 보지 않을 때는 존재하지 않아."

"물뿌리개 안쪽 전체를 한꺼번에 보는 게 가능하기나 해?"

"불가능하지. 그렇기 때문에 이 물뿌리개는 반드시 어딘가에서 물이 새는 거야. 한마디로 무용지물이지."

나는 아연실색했다. 우리는 그 말도 안 되는 물뿌리개를 가지고 한동안 이런저런 농담을 주고받다가, 물뿌리개로 기필코 화단에 물을 뿌려보자는 무모한 도전을 감행했다. 그 물건을 상대로 이상한 전투에 돌입한 듯한 피에르는 물뿌리개의 내벽이 사라지지 않도록 하려면 우리 두 사람이 함께 물뿌리개를 잡고 각자 내벽을 계속 눈으로 감시하면서 물을 받아 뿌려야 한다는 결론에 도달했다. 하지만 그건 불가능했다. 그 물건이 타원형이라는 점을 고려하지 않았기 때문이었다. 게다가 물뿌리개의 안쪽 바닥은 여전히 시야에 들어오지 않았다. 이 난점을 해결하기 위해, 우리는 말뚝 두 개를 박고 그 사이에 줄을 팽팽하게 묶은 후, 거기다 물뿌리개를 매달았다. 그렇게 해서 물뿌리개의 바닥이 계속 눈으로 볼 수 있는 위치에 있게 되었다. 그런데 불행하게도, 우리가 한순간 손잡이를 놓치는 바람에 물뿌리개가 줄에서 떨어져버렸다. 우리는 내벽 전체를 동시에 볼 수 있게 거울을 설치하는 방법을 시도해보기도 했지만 그것 역시 허사였다. 다섯 시간 후, 우리는 실패를 깨끗하게 인정하고 헤어졌다.

이튿날, 나는 좀더 자세히 알아볼 생각으로 프랑스 현상학회에 전화를 걸었다. 내 전화를 받은 사람은 엄청나게 많은 참고문헌 목록을 나에게 알려주고 나서, 그렇지만 자기가 알기로 프랑스의 현상학자들 중에서 물뿌리개에 관해 언급한 이는 한 명도 없다는 사실을 마치 코흘리개 아이에게 설명하듯 친절하게 가르쳐주었다. 한편 피에르는 몇몇 명망 높은 철학 교수에게 연락해 아무 대가 없이 그 기이한 현상을 보여주겠다고 제안했다. 하지만 대부분은 그가 장난을 치는 거라고 생각하고는 그대로 전화를 끊어버렸다.

"정원사들은 이걸 원하지 않아, 철학자들도 마찬가지고…… 자네, 정말로 이걸 사고 싶은 생각이 없나?" 그가 다시 나에게 물었다. 하지만 나 역시 물을 뿌릴 수 없는 물뿌리개를 갖고 싶은 생각은 추호도 없었다.

우리는 별 기대 없이 그 물건을 사줄 만한 멍청한 골동품상이 없을까 이 가게 저 가게를 기웃거렸다. 우리는 구매자의 경계심을 누그러뜨리기 위해 심지어 낡은 연장 세트에 그것을 끼워팔 생각까지 했다. 그러던 어느 날, 영국 관광객 하나가 그 물건에 관심을 보였다. 피에르는 터무니없는 헐값을 제시했다. 거래는 즉시 성사되었고, 피에르는 뛸 듯이 기뻐했다. 그는 방금 무죄가 증명된 도형수처럼 기뻐하면서 안도감을 드러냈고, 그래서 나는 그가 그 현상학적인 물뿌리개 때문에 얼마나 고통을 받아왔는지 짐작할 수 있었다.

그런데 한 시간 후, 그 영국인이 다시 돌아왔다. 그는 물뿌리개에 보이지 않는 하자가 있어 애를 먹고 있으며, 그래서 환불을 원한다고 정중하게 말했다. 피에르는 솔직하게 사과하고 나서 지폐 한 장을 영국인에게 건네주었다. 그러고는 그 물건을 파는 데 실패하고 난 후면 매번 그랬듯 부모 잃은 아이처럼 가련한 눈빛으로 나를 쳐다보았다.

"아직도 이걸 살 생각이 없나?"

"피에르, 이 물뿌리개는 쓸 수가 없는 물건이잖아. 자네가 누구보다 잘 알면서 왜 그래."

그 사건은 우리의 하루를 우울하게 만든 유일한 그림자였다. 나는 벌레가 갉아먹은 책상을 등이 굽은 은퇴한 노부부에게 팔았고, 피에르는 거의 이 년 전부터 질질 끌고 다니던 나막신을 팔아치웠다. 우리의 성공적인 비즈니스를 축하하기 위해 그는 나를 레스토랑에 데리고 가서 저녁식사를 대접했다. 우리는 앞으로 있을 큰 벼룩시장에서의 비즈니스를 낙관적으로 그려보면서 즐겁게 식사를 했다. 그런데 갑자기 피에르의 얼굴이 어두워졌다.

"어쨌든 내가 아직도 그 물뿌리개를 처분하지 못한 건 변함없는 사실이야."

그는 정말로 좌절한 것 같았다. 그 물건은 말 그대로 그의 머릿속에 집요하게 들러붙어 기쁨을 반감시키고 고통을 가중시켰다.

"그럼 내가 그걸 살게."

"정말이야?"

그의 눈이 반짝였다.

"그렇다니까."

그는 군말 없이 내가 제시한 가격을 받아들이고, 나에게 지나칠 정도로 고마움을 표시했다. 이제 정말로 그 물뿌리개를 그의 삶에서 떼어내지 않으면 안 되었다. 안 그랬다간 피에르가 미쳐버릴지도 몰랐다. 디저트를 게걸스럽게 먹어대는 피에르를 보면서, 내가 그를 곤궁에서 구해주었다는 생각에 지극히 기독교적인 만족감을 느꼈다. 우정은 그렇게 만들어지는 거다. 그렇게 해서 나는 쓸모없는 현상학적 물뿌리개의 행복한 소유주가 되었다. 내겐 별 문제가 되지 않았다. 어쨌든, 나에게는 정원이 없으니까.

플란의 정리

LE THÉORÈME DE FLANN

이십 년도 넘게 나는 매일 자전거를 타고 학교로 출근했다. 이공대학에서 화학을 가르치는 나는 그 출퇴근 습관 덕분에 학생들에게 엄청 인기가 있었고, 그래서 학생들은 도로에서 나를 추월할 때면 어김없이 이탈리아인들처럼 요란하게 경적을 울려댔다. 매년 장난꾸러기 녀석들이 자전거 바퀴를 분해하거나 자전거를 훔쳐가 나뭇가지에 매달아놓곤 했다. 그런 장난들은 그 아이들이 계단식 강의실에서 다른 학생들로부터 잠시 동안 박수갈채를 받으며 영광을 맛볼 수 있게 해주는 무훈이었다. 팔 미터 높이의 참나무 꼭대기에 매달린 자전거를 내리는 일이 썩 즐겁지는 않았지만, 나는 코흘리개들이나 하는 그런 장난을 최대한 기분 좋게 너그러이 봐주려 애썼다.

그날, 내가 화학실험실에 처박혀 있을 때 누군가가 문을 두드렸다. 나는 아무 생각 없이 들어오라고 말했는데, 옛 제자인 피에르 굴드가 안으로 들어오는 것을 보고는 깜짝 놀랐다. 그는 몇 년 전에 나의 지도 아래 논문을 쓰기 시작했지만 어느 날 한마디 말도 없이 사라져버렸었다. 총명하고 성실한 젊은이였던 그는 과학 분야에서 대성할 가능성이 충분한 전도유망한 학생이었다. 나는 그가 왜 갑자기 연구를 포기하고 대학을 떠나게 되었는지 그 까닭을 전혀 알지 못했다.

굴드는 며칠 동안 한숨도 자지 못한 것처럼 안색이 몹시 나빴다. 나는 그에게 의자에 앉으라고 권하고 그동안 무얼 하며 지냈는지, 왜 연구를 그만뒀는지, 무엇보다 무슨 이유로 갑작스레 나를 찾아왔는지 물었다. 그는 마치 목숨이 위태로운 사람처럼 불안해하며 말했다.

"저는 연구를 포기하지 않았습니다. 계속 연구를 해왔어요."

나는 그의 말에 기분이 상했다.

"다른 지도교수를 만났나?"

"아니요, 지 혼자서 연구했습니다."

"농담하는 건가?"

"아닐 수도 있겠지만, 선생님은 아마 제가 접어든 연구 방향을 용납하지 않으셨을 겁니다."

"피에르, 자네 지금 무슨 말을 하고 있는 건가?"

피에르 굴드는 재능을 타고나긴 했지만 젊은 연구자들이 대개 그렇듯 주의가 산만한 편이었다. 그래서 그가 연구 과정을 치밀하고 논리 정연하게 기록하고 그 일에 매달리도록 만들기가 정말이지 힘들었다. 그도 눈에 띄게 힘들어했다.

"그러니까, 제가 정상에서 벗어난 방향으로 연구를 해왔다고 해두지요. 하지만 만족할 만한 결과를 얻었습니다."

"어디서 연구했는가? 실험실도 없고 연구비도 없었을 텐데?"

"돈 걱정은 조금도 할 필요가 없었습니다. 아일랜드인들이 제가 원하는 대로 마음껏 쓰게 해주었으니까요."

"누구라고?"

"아일랜드인들요. 저는 그동안 그들과 긴밀하게 협력 관계를 유지하면서 연구를 진행해왔습니다. 그리고 그 누구도 결코 증명해내지 못했던 어떤 정리를 이론뿐만 아니라 실험상으로도 완벽하게 입증하는 데 성공했습니다. 과장이 아니라, 제 논문은 과학계에 파장을 불러일으킬 겁니다."

나는 그가 미쳤다고 생각했다. 그는 엄숙한 어조로 말을 이었다.

"들어보십시오. **저는 원자 정리를 증명해냈습니다.**"

그는 마치 케네디 암살과 관련해 확실한 증거가 될 만한 배후자 명단이라도 손에 쥐고 있는 것 같은 투로 말했다.

"원자 정리라고? 존 돌턴의 원자 **이론**을 말하는 건가?"

"아니요. 정리定理입니다."

"무슨 말을 하는 건지 모르겠군."

그는 입고 있는 점퍼 안을 뒤지더니 낡은 책을 꺼내 나에게 내밀었다.

"그 안에 모든 게 설명되어 있습니다."

나는 표지의 글씨를 읽었다. 플란 오브라이언의 『달키 문서The
Dalkey Archive』.

"영국의 화학 개론서인가?"

"아닙니다, 이건 소설입니다. 제가 아는 최고의 원자 정리 입문
서예요. 말하자면 유일한 입문서라고 할 수 있지요."

"피에르 자네, 정말 아무 문제 없는 건가?"

"한번 읽어보십시오, 그러면 아시게 될 겁니다. 다음주에 제 논
문의 1부와 2부를 갖다드리겠습니다. 팔백 페이지 분량이에요. 계
산, 도표, 간단명료하고 확실한 증명 들로 이루어져 있습니다. 그
것으로 현대 과학의 판도가 완전히 뒤바뀔 겁니다."

피에르 굴드는 종적을 감춘 지 삼 년 만에 갑자기 내 앞에 다시
나타나, 자신이 정체불명의 아일랜드인들에게서 연구비를 지원받
아 내가 모르는 어떤 정리를 증명하는 논문을 써냈고, 어떤 영어
소설 한 권만 읽으면 그 논문의 내용을 쉽게 이해할 수 있을 거란
식으로 말했다. 그는 자기가 제정신이 아니라는 생각은 추호도 하
지 않고 있었다. 나는 태연한 표정을 지으면서 그에게 이상한 구석
이 전혀 없는 것처럼 그를 대해주었다.

"그래, 좋아. 자네가 말하는 그 오브리엄의 책을 읽어보겠네."

"오브라이언입니다."

"아 그렇지, 오브라이언. 그리고 자네의 논문을 기다리고 있겠

네. 시간이 되는 대로 논문을 가져오게."

"알겠습니다. 고맙습니다."

그는 만족스러운 표정으로 점퍼를 꿰입고 문 쪽으로 걸어갔다. 하지만 실험실을 나서려던 순간, 그가 나에게 불안한 시선을 던졌다.

"그런데, 아직도 자전거를 타십니까?"

사실 나는 일주일에 세 번씩 내 또래 친구들과 함께 자전거를 타고 한두 시간가량 도시 외곽으로 나갔다 오곤 했다. 나는 멋진 경주용 자전거와 사이클 선수용 장비들을 완벽하게 갖추고 있었다. 우리는 보통 트랙을 몇 바퀴 돌고 난 후에 간단한 시합을 했는데, 내가 이길 때도 더러 있었다. 게다가 피에르가 나를 찾아온 날 바로 그런 일이 일어났다. 나는 단거리 경주에서 나보다 빠른 두 명의 친구를 따돌리고 결승점에 골인했다. 기진맥진한 상태로 집으로 돌아온 나는 저녁을 먹고 나서 곧바로 서재로 들어가 책상 앞에 앉았다. 그리고 자전거 짐받이 가방 속에 들어 있던 것들을 책상 위에 쏟아붓다가 『달키 문서』를 발견했고, 그래서 그날 아침 피에르 굴드가 나를 찾아왔었다는 사실을 기억해냈다. 나는 그 책을 건성으로 뒤적였다. 책에는 화학공식은커녕 방정식이나 도식, 숫자도 전혀 찾아볼 수 없었다. 여백은 연필로 휘갈겨쓴 신비스러운 기호들로 가득 차 있었다. 피에르 굴드가 그 책을 아주 꼼꼼하게 연구하며 읽었다는 증거였다. 그가 나에게 실마리를 던진 그 원자 정리라는 건 도대체 무엇일까? 나는 책꽂이에서 내가 학생들을 가르

치기 시작했을 때 구입한 『과학·백과사전』의 색인 편을 꺼내들었다. '원자' 항목에는 수많은 참조사항(폭탄, 번호, 구조, 핵, 이론, 존 돌턴, 시계, 현미경, 궤도 함수, 시간, 분광학, 구름, 침투, 결합, 닐스 보어, 그 외의 많은 것들)이 있었지만, 정작 '정리'는 찾을 수 없었다. '정리' 항목에서도 또다른 참조사항들(피타고라스, 페르마, 괴델, 바비네, 아르키메데스, 가우스, 베이즈, 케널리, 테브냉, 카르노, 라그랑주, 몰리, 탈레스, 4색정리, 암페어, 임계응력, 실로, 부동점, 알론조 처치와 동료들)을 얻었지만, '원자'에 관한 것은 아무것도 없었다. 실망한 나는 '오브라이언'을 찾았다. 역시 아무것도 없었다. 나는 백과사전을 내려놓고 시험지 한 귀퉁이를 찢어 그 페이지에 책갈피처럼 끼워둔 후, 『달키 문서』를 들고 자러 갔다.

그 이상야릇한 소설의 줄거리를 여기에 요약하는 것은 쓸데없는 짓일 것이다. 그 소설에 우리의 주제와 크게 연관지을 만한 건 아무것도 들어 있지 않은 만큼 더더욱. 그 소설이 원자 정리의 입문서라는 굴드의 주장을 존중한다 하더라도, 나는 거기서 '작은 몰리큘들'을 언급하는 어떤 얼근히 취한 경사의 헛소리를 발견했을 뿐이다. 경사의 말에 따르면, 그 몰리큘들은 '동심원을 그리는 원, 아치, 선분, 그 외 집합적으로 언급되기에는 수가 너무 많은' 각 사물 주위를 '절대로 가만있지 않고 끊임없이 움직이며 여기저기 왕성하게 소용돌이치고 다니면서 되돌아오고 달아나는 다양한 경로'로 돈다고 한다. 내가 몇 년 동안 개인적으로 가르쳤던 학생이자 박사

과정 동안 나의 지도 아래 주목할 만한 두 편의 논문을 써냈던 피에르 굴드가 정신 나간 사람이 쓴 것 같은 이 내용들을 진지하게 받아들이고 있다는 사실이 나를 슬프게 했다. 나는 하루빨리 그를 설득시켜 보다 가치 있고 훌륭한 주제들에 몰두하게 만들어야만 했다. 그렇게 하지 않으면 연구자로서의 그의 인생은 완전히 끝나버릴 터였다.

요약하자면, 오브라이언의 원자 정리는 일상생활을 완전히 기괴한 방식으로 관찰하는 데서 출발하고 있었다. "쇠막대기로 충분히 세게, 그리고 충분히 오랫동안 바위를 두드리면, 바위의 몇몇 몰리큘들이 쇠막대기로 이동하게 됩니다. 그 반대의 경우도 마찬가지죠." 이 정도만 해도 수준을 대충 알 만하지만, 좀더 계속해보자. 경사는 어느 선술집 카운터에 팔꿈치를 괸 채, 그 이론이 실제적으로 어떻게 적용되는지 이어서 설명했다. "이러한 현상 때문에 평소 쇠로 된 자전거를 타고 자갈투성이 동네 길에서 페달을 밟으며 대부분의 시간을 보내는 사람들은 자신의 인격이 자전거의 성격과 뒤섞여 있는 것을 확실히 보게 되죠. 그건 몰리큘 교환의 결과입니다. 그리고 이 지역에서 반은 인간이고 반은 자전거인 사람들의 수를 알면 깜짝 놀랄 겁니다." 정말로 터무니없는 이야기였다. 그런데도 그의 말을 듣고 있는 상대는 그다지 놀라워하지도 않았다. 그리고 경사는 파이프에 담뱃잎을 채워넣으면서 이렇게 결론을 내리고 있었다. "아무도 모르게 반은 인간인 용감무쌍한 자전거들이 얼마나 많은지 알면 깜짝 놀랄 겁니다." 플란 오브라이언은 웃음거리가 되는 것을 전혀 두려워하지 않으면서 몇 가지 정보를 덧붙였다.

— 몰리퀼 이론은 "생각보다 두세 배는 더 위험합니다." (원래 몰리퀼 이론 자체가 위험할 것도 전혀 없는 아무 의미도 없는 것임을 유의하시라.)

— 자전거 인간들의 목에 핸들이 달려 있을 거라 기대해서는 안 됩니다. 그래서 그들이 자전거 인간인지 아닌지 알아보기는 어렵습니다.

— "한 인간이 반쯤 혹은 반 이상 자전거가 되어버린다 해도, 거의 항상 벽에 기대 있거나 인도에 한쪽 발을 고정시킨 채 수평을 잡고 있기 때문에 별다른 점은 없어요."

— **호모 사피엔스**에 버금가는 지능을 갖고 있는 자전거들은 하는 짓이 얼마나 능청스러운지 모릅니다. 그래서 "그것들이 움직이는 것은 결코 볼 수 없는데, 전혀 예기치 않은 장소에서 느닷없이 그것들을 발견하게 됩니다. 밖에서 비가 억수같이 쏟아질 때 따뜻한 부엌 찬장에 기대어 있는 자전거를 본 적이 없습니까?" 인간지능을 가진 자전거는 대개 "식품들을 보관해둔 장소에서 멀리 떨어진 곳이 아니라" "불에서 별로 멀지 않은 곳에" "가족들의 대화를 들을 수 있을 만큼 충분히 가까운 곳에"서 있지요.

— 따라서 남자는 숙녀용 자전거를 절대로 이용하면 안 되고(비도덕적인 일입니다), 아일랜드인은 영국 자전거를 타면 안 됩니다(반애국적인 일입니다).

- 그렇지만 자전거를 적당히 타는 것은 오히려 이롭고, "사람 몸에 철분을 공급해주죠."

이 모든 것에는 아주 유익한 예들이 덧붙여져 있었다. 그리고 또 경사의 말에 따르면, 달키의 우편배달부는 평생 자전거를 타고 우편물을 배달하러 돌아다녀야 했기 때문에 말년에는 신체에서 자전거 비율이 72퍼센트에 달했다고 한다. 수십 년 동안 말을 타고 돌아다녔던 우편배달부의 친할아버지는 신체에서 말의 비율이 83퍼센트에 달했을 때 세상을 떠났다. "평상시에는 조용하고 느릿느릿한 분이셨지만, 때때로 말처럼 가볍게 달리다가 울타리를 펄쩍펄쩍 뛰어넘곤 했어요. 두 다리로 말처럼 달리는 인간을 본 적이 있습니까?" 대칭적으로, 말은 "그 반대 상태가 되어 끔찍한 소동을 일으키곤 했습니다. 밤에 집 안으로 몰래 들어가 젊은 여자들을 짓궂게 괴롭히며 범죄를 저질렀기 때문에 결국 죽여야 했지요." 하지만 이 기록은 맥대드라는 사람에 의해 깨졌다. 맥대드는 너무 많이 변해서, 그가 죽었을 때 사람들은 그를 위해서라기보다는 자전거를 위해 상갓집에서 밤을 새웠다고 해도 좋을 정도였다. "자전거 형태의 관을 본 적이 있습니까? (…) 그것은 아주 섬세한 작업을 요하죠. 페달과 발판은 말할 것도 없고 자전거 핸들을 넣을 수 있도록 나무 관을 만들기 위해서는 최고급 목수의 손길이 필요합니다."

그 이야기들은 아주 재미있긴 했지만 엄밀하게 과학적인 가치는 전혀 없었다. 언젠가 한 프랑스 소설가가 벽을 통과하는 능력이 있는 남자에 관한 이야기를 썼는데, 어느 누구도 자신의 이웃이 벽으로 드나드는 남자인지 아닌지 확인하기 위해 돌로 만든 담벼락에다 이웃을 내던져볼 생각은 하지 않았을 것이다. 나는 피에르 굴드가 어떤 사람이 자전거를 타고 달릴 때마다 자전거 안장과 그 사람의 엉덩이가 서로 분자들―오브라이언식으로는 '몰리퀼'―을 교환하는지 확인하기 위해 아일랜드에서 어떤 괴상한 짓을 했을지 전혀 알 수 없었다. 오브라이언은 평생 산화 환원 반응식 한 번 세워본 적이 없는, 심심풀이 농담이나 하며 살아온 사람이었다. 그가 자신이 만들어낸 인물들의 입을 통해 말한 것이라고는 술주정뱅이들의 횡설수설하는 헛소리와 담배 연기 가득한 술집 카운터에서 오가는 농담이 전부였다. 경사 자신도 한번은 이런 말을 했다. "몰리퀼들은 아주 복잡한 정리예요. 하지만 무리하지 않는 게 좋습니다. 안 그러면 사인, 코사인이나 그 외에 익숙한 공식들을 이용해 그걸 증명하려 애쓰면서 밤을 홀딱 새우고는 날이 밝았을 때 자기가 증명했던 모든 것들을 믿지 않게 될 수도 있으니까요. 만일 그런 경우라면, 홀과 나이트의 대수학 이론에 따라 자신이 그린 도형들의 증명값을 신뢰할 수 있는 지점까지 되돌아갔다가 거기서 다시 출발해 증명 전체를 스스로 납득하고 확신할 때까지 밀고 나가야 하는 사태가 발생할 겁니다. 마치 침대에서 잃어버린 상의 단추처럼 머릿속을 집요하게 괴롭히는 불확실함이나 의심의 그림자가 한 치도 없게끔 말이죠." 간단히 말해서 그는 아무 말이나 마구 지껄이고 있었고, 자기가 그렇다는 사실 또한 아주 잘 알고 있었다.

이 터무니없는 이야기는 며칠 동안 머릿속에서 떠나지 않았다. 어느 날 저녁, 나는 한 친구에게 전화를 걸어 그 얘기를 털어놓았다. 그녀는 나와 같은 대학에서 영문학을 가르치는 친구로, 가끔씩 만나 속내를 스스럼없이 주고받는 사이였다.

"플란 오브라이언이 누군지 알아?"

"그렇게 말하는 당신은 누구시죠?"

내 생각에 너무 몰두한 나머지 전화를 걸자마자 대뜸 그 말부터 꺼낸 것이었다. 나는 즉시 사과하면서 내가 누군지 밝히고 나서 용건을 말했다.

"오브라이언, 오브라이언······" 그녀는 그의 이름을 큰 소리로 되풀이해 발음하면서 곰곰이 생각하더니 말을 이었다. "그래, 알아. 플란 오브라이언, 60년대에 죽은 아일랜드 작가. 머리가 살짝 돈 사람이었지, 아마? 알코올중독자이기도 했고."

"그래?"

"최근에 그에 관한 기사를 읽었어. 술을 너무 마셔 직장에서도 해고를 당했지. 소설도 두세 편 출간하고 더블린 신문들에 엄청나게 많은 글을 썼어, 때때로 게일어*로."

"그것들을 읽어봤어?"

"전혀. 다만 그가 신과 조이스에 완전히 사로잡혀 있었다는 것

---

* 아일랜드에 사는 켈트족의 언어.

만 알아."

"제임스 조이스? 바텐더 말이야?"

"누구라고?"

"내가 며칠 전 읽은 소설에 제임스 조이스라는 인물이 나와. 술집에서 일하는 친구인데, 자기는 『율리시스』의 저자가 아니라고 완강히 부인해."

그녀가 말도 안 된다는 듯이 비명을 질렀기 때문에, 화제를 딴 데로 돌리는 게 나을 것 같았다.

"이건 다른 얘긴데, 혹시 '몰리퀼'에 대해 얘기 들어본 적 있어?"

"화학 전공은 내가 아니라 너 같은데?"

"몰레퀼molècules(분자)이 아니라, 몰리퀼mollycules 말이야. è 대신에 y가 들어가."

"몰리퀼? 아니, 모르겠는데."

"내 제자 중에 오브라이언의 책을 읽고 거기에 완전히 빠진 학생이 있어."

"『율리시스』에 분명히 몰리Molly라는 인물이 나오긴 하지만, 그게 화학과 무슨 상관이 있는지는 모르겠는걸."

"나도 그래."

"우리, 오늘 저녁에 만날까?"

나는 피에르에게 그의 논문 주제에 관해 아주 단호하게 말할 작정이었다. 하지만 그 후로 며칠이 지나도록 피에르는 모습을 나타

내지 않았다. 나는 가족들과 자전거 동호회 회원들에게 그 이야기를 들려주었다. 그의 원자 정리는 모두를 포복절도하게 만들었다. 특히 동호회 회원들은 그 논문대로라면 자신들이 이제까지 자전거를 탄 시간을 따져봤을 때 지금쯤은 모두들 거의 탄소섬유와 고철로 변해 있어야 하지 않겠느냐고 했다. 그들 중 한 명이 덧붙여 말하기를, 피에르 굴드가 팔백 페이지 분량의 논문을 썼다면, 한편으로는 그의 팔과 연필 사이에, 다른 한편으로는 그의 연필과 종이 사이에 강력한 분자 교환이 이루어졌을 게 틀림없다고 했다. 따라서 현재 그의 팔은 50퍼센트의 나무와 탄소로 이루어져 있어야 한다는 것이었다. 그러므로 나는 그의 원고보다는 그의 연필을 읽고 있다고 하는 게 논리적으로 더 맞다는 것이었다. 종이 전체가 연필 안으로 스며들어갔을 게 분명할 테니까. 피에르 굴드는 나와 알고 지내는 대부분의 사람들에게 일종의 살아 있는 전설이 되었다. 그래서 모두들 나를 만날 때마다 그의 소식을 묻곤 했다.

피에르는 그 후 삼 개월 동안 대학에 얼씬도 하지 않았다. 그 대신 나에게 우편으로 오십 페이지 분량의 논문 도입부를 보내왔다. 논문에서 그는 유럽의 자전거 역사를 개괄한 후, 20세기 아일랜드 희극과 더블린의 경찰 조직, 조이스의 여자관계, 그리고 물론 몰리퀼 교환의 일반 원리에 대해 말하고 있었다. 신뢰할 수 있는 자료들에 근거한 논문이기는 했지만 물리학과는 아무런 상관이 없었고, 도저히 박사 학위 논문이라고 할 수 없는 것이었다. 피에르는 그 후로 더이상 나에게 원고를 보내는 수고를 하지 않았고, 그래서 뭔가 우롱당한 듯한 기분이 든 나는 그가 우스꽝스러운 허풍을 떨러 아일랜드로 되돌아갔으며, 어쩌다 그가 이곳에 잠시 돌아온 것을 가지고 크게 신경쓸 필요가 없다고 결론을 내렸다. 그런데 어느날, 내가 시내 중심지에서 자전거로 산책을 하고 있을 때 멀리서 그를 언뜻 본 것 같았다. 그는 혼자였고 어느 아일랜드 술집의 문을 밀고 들어가는 중이었다. 나는 즉시 그 건물이 있는 곳까지 페달을 밟아, 자전거를 기둥에 받쳐 자물쇠로 채우고 나서 술집 안으로 들어갔다. 얼굴 한가운데로 열기와 연기가 훅 하고 밀려들었다. 술집은 어두웠고 고약한 냄새가 났다. 분명 피에르였다. 그는 카운터에 앉아 꼼짝도 하지 않고 맥주잔의 거품을 노려보고 있었다. 나는 다가가 그의 어깨를 툭 쳤다.

"이거, 정말 놀랍네요!" 그가 뒤를 돌아보면서 외쳤다.

그는 나를 만난 게 정말로 몹시 기쁜 것 같았다. 그는 곧 내 몫으로 맥주 한 잔을 주문했다.

"자네가 이리로 들어오는 걸 봤네." 나는 그의 옆에 놓인 스툴에 앉으면서 말했다. "자네 논문에 대해 이야기를 나누고 싶었어. 하지만 날 만나러 오지 않더군. 그래서 자넬 발견한 순간, 여기서라도 그 얘기를 해야겠다고 생각했어. 그러기에는 장소가 좀 이상하긴 하지만."

"이상하다니요? 아니, 아닙니다. 대화를 나누기에 아일랜드 선술집보다 더 좋은 장소는 세상에 없어요. 기억하시겠지만, 『달키 문서』에서 플란 오브라이언은 남자들 간의 진정한 대화는 **오직** 선술집에서만 가능하다고 매우 설득력 있게 이야기하고 있죠. 여기가 바로 그런 장소예요. 남자들이 멋진 토론을 할 수 있는 그런 장소라고요."

"그가 그런 말을 했던가? 기억이 안 나는군."

"했고말고요. 이렇게 쓰여 있지요. '더블린 사람들은 토론할 일이 있으면, 그 주제가 하찮은 것이건 대단히 중요한 것이건 무조건 선술집에서 만남을 가졌다. 그것은 공동체의 발전 속에서 나타나는 사회불안이자 신경증적 결함이며, 어쩌면 불안정한 분위기가 중요한 역할을 하는 하나의 상황일지도 몰랐다.'"

"자네는 그 소설을 줄줄 외고 있나?"

"예. 그리고 나서 그는 선술집의 장점과 카페테리아, 호텔 바, 찻집의 장점들을 비교하죠. 그리고 이런 명백한 결론을 내립니다. 토론하기 위해 가야 할 곳은 바로 선술집이다. 선술집이 아닌 다른 곳에서 토론하는 것은 마치 목욕을 하면서 아코디언을 연주하는 것과 같다. 가능한 일이긴 하지만, 아무도 그렇게 하려 하지 않을 것이다."

"자네가 그렇게 말한다면야." 나는 그의 말에 동의를 표하면서 잔을 비웠다.

그러자 바텐더가 즉시 내 잔을 낚아채고는 한마디 말도 없이 놀라운 속도로 잔을 가득 채워주었다. 피에르는 나를 따라 잔을 비우고 똑같은 것을 달라고 했다. 나는 그가 그 논문을 그대로 발표하는 것을 허락하지 않겠다는 뜻을 그에게 가능한 한 완곡한 방식으로 전달하려면 어떻게 말하는 게 좋을까 머릿속으로 궁리하고 있었다.

"피에르. 자네에게 해야 할 말이 있네…… 자네 논문에 관해."

"말씀해보십시오."

"나는 자네가 막다른 골목으로 들어선 게 아닌가 걱정돼. 그 정리는 완전히 미친 소리야."

"압니다."

나는 한 줄기 희망이 솟아오르는 것을 느꼈다.

"미치지 않고서는 그걸 쓸 수 없었을 겁니다. 돌이켜보면, 저는 정신병원에 들어가야 할 상태까지 갔던 것 같아요. 하지만 결과를 보세요. 저는 성공했습니다. 저는 오브라이언의 정리를 증명했어요. 그리고 이것 덕분에 이제 곧 과학의 판도가 완전히 달라질 겁니다."

나의 희망은 수플레처럼 다시 푹 꺼졌다.

"내 말은 그런 뜻이 아닐세. 플란 오브라이언은 절대로 핵물리학의 숨은 천재가 아니었어. 피에르, 자네의 정리는 헛소리들을 모아놓은 거야. 어떤 이상한 나라의 선술집 단골손님이나 좋아할 실없는 우스갯소리 같은 거라고. 그런 걸로 논문을 쓴다니, 말도 안 되는 소리야."

"그렇게 말씀하시는 걸 보니 선생님은 저의 수식을 전혀 읽어보지 않으셨군요!"

그는 엄청나게 충격을 받은 표정으로 단숨에 잔을 비우고 나서 바텐더에게 잔을 내밀었다. 나도 똑같이 했다.

"아일랜드를 한 번만 둘러보셨더라도 제 말을 믿으실 겁니다. 그 정리는 진실입니다. 제 눈으로 똑똑히 확인했습니다. 아일랜드 사람들은 마치 일상처럼 그런 현상을 겪으며 살아가고 있어요. 거기서는 경찰들이 자전거를 추격하고 정말로 자전거를 잡아 감옥에 처넣습니다. 농담이 아니라고요, 아시겠어요? 저는 달키 경찰서에서 몇 달을 보냈습니다. 그들은 자전거가 사람을 해치지 못하도록 경찰 한 명당 일주일에 서른 개까지 타이어에 펑크를 냅니다."

피에르는 헛소리를 하고 있는 게 분명했다.

"자네는 제정신이 아니야. 제발 정신 차리게. 오브라이언의 정리는 터무니없는 얘기야."

"그렇지 않습니다."

"아니, 내 말이 맞아. 그리고 오브라이언이라는 그 친구, 꽤나 재미있는 친구더군. 술을 엄청나게 좋아하던데? 자, 이걸 보게."

나는 주머니를 뒤져서 꼬깃꼬깃 접은 종이 한 장을 꺼내 그에게 내밀었다.

"이건 내가 『달키 문서』를 읽고 난 후 주인공들의 술 소비량을 조사해 만든 거야. 조사하다가 실수로 빠뜨린 잔도 꽤 될 거야."

맥주	8잔
위스키	35잔(그중 7잔은 특별 제조법에 따라 숙성시킨 것)

헐리 토닉 와인	3병
보리 와인	2잔
마티니	2잔(제임스 조이스가 따라준 것)
진	2잔(탄산수와 함께)
셰리주	10잔(그중 몇 잔은 제임스 조이스가 따라준 것)
코냑	1잔
그 외의 알코올	8잔

"그런데, 이게 뭐 어쨌다는 겁니까?" 피에르는 나에게 종이를 돌려주면서 되물었다.

"모른 척하지 말게. 등장인물 전체가 목구멍 속으로 흘려넣은 알코올 양을 놓고 본다면 이 소설은 그 자체로 끔찍한 디오니소스 축제야. 솔직히, 술독에 빠져 있는 작가가 지껄여댄 말을 믿을 사람이 어디 있겠나? 제발 정신 차리게."

그는 어두운 표정으로 고개를 숙였다.

"피에르, 나는 자네가 그 논문을 발표하는 걸 허락할 수 없네. 논문 주제를 바꾸든가, 아니면 지도교수를 바꾸든가 둘 중 하나를 선택해. 잘 생각해보게."

그는 망연자실한 표정이었고, 그래서 나는 몹시 마음이 아팠다. 하지만 반드시 해야 할 말이었고, 교육자로서 내가 의당 해야 할 일이었다. 그는 언젠가 나에게 고마워할 것이다. 나는 그렇게 확신했다. 나는 잔을 단숨에 비우고 바텐더에게 계산서를 달라고 했다. 그가 장부를 확인하고 나서 말했다.

"여덟 잔 드셨군요. 우수리 없는 사십 유로입니다."

"뭐라고요?"

그는 금액을 다시 말했다. 나는 그에게 피에르나 다른 손님이 마신 술값을 지불할 생각은 전혀 없다고 말해주었다. 하지만 그는 그 금액을 그대로 달라고 고집했다.

"하지만 나는 분명히 석 잔 이상은 마시지 않았소!"

"그럼 저 여자*가 마신 건요? 내가 그녀에게 갖다준 술이 넉 잔인데!" 바텐더가 카운터 구석을 가리키며 외쳤다.

그쪽으로 고개를 돌린 나는 기겁을 했다. 내 자전거가 앞에 반쯤 빈 맥주잔을 놓아둔 채 나무 테이블에 의연하게 기대어 있었다. 처음에는 내가 헛것을 봤다고 생각했다. 하지만 그곳에 있는 건 분명히 내 자전거였다. 그녀는 자물쇠를 풀고 술집 안으로 몰래 들어와 우리가 나누는 말에 귀를 기울이면서 술을 마시고 있었던 것이다. 나는 내가 드디어 미쳤다고 생각했다. 다리가 후들후들 떨리기 시작했다. 피에르는 나를 부축해 자리에 앉히고, 정신을 차릴 수 있도록 스트레이트 위스키 한 잔을 쭉 들이켜게 했다. 그는 마치 내가 방금 막 불세례를 받고 어떤 공동체에 입문이라도 한 것처럼 일종의 형제애가 담긴 시선으로 나를 쳐다보고 있었다. 의식이 반쯤

---

* 자전거를 뜻하는 프랑스어 bicyclette는 여성명사이다.

나간 상태에서 나는 그가 상황을 주도하면서 다시 맥주를 시키는 걸 그냥 내버려두었다.

우리, 그러니까 피에르와 나, 그리고 나의 자전거는 긴 대화를 나누면서 코가 삐뚤어지게 마셨다. 새벽 두시경에 바텐더는 우리 셋을 내쫓았다. 우리는 하늘의 별을 세면서 인적 없는 거리를 새벽이 밝아올 때까지 걷다가 내달렸다. 그로부터 삼 주 후, 나의 자전거는 이공대학으로 사직서를 제출하러 갔다. 그동안 나는 타이어에 공기를 빵빵하게 주입하고 있었다. 우리는 옷가지 몇 벌과 타이어 펑크 패치 두 통을 가방 안에 던져넣고, 자전거 경주자들의 천국이자 신과 같은 존재 오브라이언의 조국이기도 한 아일랜드를 향해 출발했다. 그리고 얼마 후 피에르가 자신의 자전거와 함께 합류했다. 요즈음 우리는 핸들을 앞세우고 꿈속에서 사는 듯한 기분으로 이 술집 저 술집으로 페달을 밟고 있다.

피에드 굴드와 함께 내려다보는

존재의 드라마

"대부분의 작가는 거짓말하는 재능이 바닥나 이제는 진실밖에 이야기하지 못한다." 이 책에 실린 단편 중 하나인 「거짓말 주식회사」의 회장 푸이즈는 그렇게 개탄한다. 하지만 베르나르 키리니만은 예외다. 이 책은 거짓말로 가득 차 있으니까. 기상천외한 상상력을 소유한 이 작가는 엉뚱하고, 황당무계하고, 기이하고, 환상적인, 한마디로 비현실적인 열여섯 편의 짧은 이야기들을 들려준다. 그런데 이 '신비로운' 또는 '기이한' 또는 '우스꽝스러운' 이야기들에는 짚고 넘어가야 할 중요한 특징들이 숨어 있다.

첫째, 지극히 비논리적으로 보이는 이 이상한 이야기들은 역설적이게도 논리라는 도구를 통하지 않고서는 제대로 읽히지 않는다. 「첫 문장 못 쓰는 남자」를 비롯해서 「블록」「플란의 정리」 같은 단편들은 그야말로 논리적인 사고를 훈련시키기 위한 텍스트 같기도 하다. '비논리를 받아들이기 위해 논리를 이용한다'는 역설을 보르헤스의 용어를 빌려 말하자면 '합리적 상상력'이라 하겠다. 그렇다면 여기서 이러한 합리적 상상력의 목적은 과연 무엇일까? '정상'의 범주를 벗어나 있지만 그럼에도 '비정상'이라고 말할 수 없는, 정상과 비정상 사이의 틈새, 다시 말해 현실과 비현실 사이에 존재하는 틈새에 숨겨져 있는 환상, 즉 사실주의가 간과하고 있는 또다른 현실을 찾아내는 것, 우리로 하여금 잘 모르거나 외면하거나 이해하지 못하던 새로운 질서에 관해 생각해보게 하는 데 그 목적이 있지 않을까? 그런 관점에서 볼 때 이 신비, 이 환상은 현실과 동떨어진 것이 아니라 오히려 현실에 튼튼하게 뿌리내리기 위한 것이다. 달리 말해 이 이야기들의 환상성은 영국의 문학연구가 로즈메리 잭슨의 말처럼 "현실과 관계를 맺고 있을 뿐만 아니라 현실 세계에 영향을 미칠 수 있는 힘을 갖고 있는 존재"인 것이다. 그리고 바로 그렇기 때문에 이 단편들이 한편으로는 정말로 허무맹랑한 소리를 읊어대면서 이건 농담이나 허풍이 아니라고 정색하는 화자의 능청스러운 표정이 눈앞에 선명하게 떠올라 절로 웃음이 나오게 하면서도, 다른 한편으로는 현실의 핵심을 찌르는 날카로움으로 우리를 뜨끔하게 하는 것이다(개중에는 '뜨끔한' 정도를 넘어 들쑤시는 아픔을 느끼는 이들도 있을 수 있겠다).

둘째, 이 이야기들은 분명 신비롭고 재미있는 동화를 닮아 있음에도 불구하고 동화처럼 쉽게 감정이입이 되지 않는다. 작가는 분명히 피에르 굴드라는 인물을 통해 기이한 인간들의 기이한 삶을 아주 가까이에서 따라가고 있다. 그럼에도 불구하고, 카프카와 보르헤스를 읽을 때 그러했듯이 키리니의 단편들을 읽을 때 우리는 거리를 두고 낯설게 바라보게 된다. 다시 말해, 피에르 굴드 혹은 키리니 그 자신과 함께 우리는 마치 걸리버가 소인국을 내려다보듯이, 또는 인간이 개미들의 세계를 내려다보듯이 이 책에 실린 존재의 드라마들을 '내려다보게' 된다. 그렇다고 교만하게 내려다보는 것이 아니라, '어라? 뭐 이런 게 다 있지?'라고 신기해하고 기가 막혀 하다가, '아, 정말로 그럴지도 모르겠다, 그런 게 존재할 수도 있겠다'라고 신비를 인정하거나 '이건 이러저러한 의미가 아닐까?'라고 나름의 해석을 하면서 말이다. 이처럼 낯익은 것들을 낯설게 하는 것, 기존의 것들을 전혀 다른 시각으로 바라보게 하고 의문을 가지게 만드는 것이 바로 뛰어난 이야기꾼 키리니의 의도일 것이다. 따라서 이 책은 작가 자신이 많은 영향을 받았다고 말하는 라틴아메리카의 신환상주의 문학에서 추구하는 '열린 문학'을 충분히 구현하고 있다 말할 수 있을 것이다.

"대부분의 작가는 거짓말하는 재능이 바닥나 이제는 진실밖에 이야기하지 못한다"라는 문장을 "대부분의 독자는 상상하는 능력이 바닥나 이제는 진실밖에 읽으려 하지 않는다"라는 말로 치환해도 무방할 것 같다. 베르나르 키리니는 상상력이 고갈된 우리에게 뼈 있는 웃음과 황당한 거짓말을 통해 우리가 알고 있는 진실 너머의 진실을 찾아볼 수 있게끔 문을 열어준다. 이 감당하기 어려운

허풍과 능청스러움은 작가가 삶의 수수께끼와 핵심에 다가가고자
하는 멋진 도구이며, 타고난 재능 없이는 손에 넣을 수 없는 그 비
장의 도구가 만들어놓은 결과물에 우리는 감탄할 수밖에 없다.

2012년 가을

윤미연

옮긴이 **윤미연**
부산대학교 불어불문학과 및 동 대학원을 졸업하고 프랑스 캉 대학교에서 공부한 뒤 전문
번역가로 활동하고 있다. 르 클레지오의 『허기의 간주곡』『라가― 보이지 않는 대륙에 가까
이 다가가기』를 비롯하여 『어느 완벽한 2개 국어 사용자의 죽음』『세상에서 가장 작은 동물
원』『우리는 함께 늙어갈 것이다』『마지막 숨결』『사랑을 막을 수는 없다』『나쁜 것들』『구해
줘』『괜찮나요, 당신?』 등 다수의 책을 우리말로 옮겼다.

문학동네 세계문학
첫 문장 못 쓰는 남자

1판 1쇄 2012년 10월 31일 | 1판 2쇄 2016년 11월 4일

지은이 베르나르 키리니 | 옮긴이 윤미연 | 펴낸이 염현숙

책임편집 김두리 | 편집 이은현 김이선 | 독자모니터 이민아
디자인 김선미 이원경 | 저작권 한문숙 김지영
마케팅 정민호 이미진 정진아 김혜연 | 홍보 김희숙 김상만 이천희
제작 강신은 김동욱 임현식 | 제작처 한영문화사

펴낸곳 (주)문학동네
출판등록 1993년 10월 22일 제406-2003-000045호
주소 10881 경기도 파주시 회동길 210
전자우편 editor@munhak.com | 대표전화 031) 955-8888 | 팩스 031) 955-8855
문의전화 031) 955-1927(마케팅) 031) 955-8860(편집)
문학동네카페 http://cafe.naver.com/mhdn

ISBN 978-89-546-1916-5 03860

www.munhak.com